EMMA

DU MÊME AUTEUR

Un village pourtant si tranquille, Presses de la Cité
L'Enfant du Trièves, Presses Pocket
Les Yeux de Manon, Presses de la Cité

Brigitte Varel

EMMA

Roman

Production Jeannine Balland
Romans Terres de France

PRESSES DE LA CITÉ

ISBN 2-258-05084-7

A Moustique, ma sœur

« Dans l'instinct est la seule vérité, l'unique certitude que l'humanité puisse jamais saisir en cette vie illusoire, où les trois quarts de nos maux viennent de la pensée. »

Anatole FRANCE

1

29 mai, 0 h 05

La lune dominait son monde, maîtresse incontestable de la nuit sereine. La chaîne de Belledonne trônait devant eux, majestueuse et sauvage, dentelle de pierre enneigée dans un ciel empli d'étoiles. Son immobilité séculaire atteignait Chris en plein cœur.

Ils descendaient de Villard-de-Lans, et Grenoble scintillait de mille feux, plage de lumière tout en bas, loin dans la vallée. Chris se tourna une dernière fois vers sa compagne assoupie, qui n'avait trahi aucune surprise pour cette balade nocturne. Alors il serra ses doigts sur le volant et fit le vide en lui, accélérant à l'entrée d'une série de boucles annoncées dangereuses.

Pour commettre l'irréparable, il avait choisi la nuit, comme un brigand. Deux virages plus loin, la voiture quitta la route et défonça la glissière de sécurité pour plonger dans un ravin boisé de plusieurs centaines de mètres.

2

Rêveuse, Laure Freymond retira les gants de caoutchouc rose dont elle protégeait ses mains pour la vaisselle.

Sa mine aurait inquiété ses voisins proches, sa fille et son gendre, tous ceux qui l'aimaient, femme douce aux allures tranquilles qui cachait les blessures secrètes d'une vie meurtrie.

Abandonnée par son mari à la naissance de leur fille, elle avait élevé seule sa petite Emmanuelle, lui donnant tout son temps et son amour, se fermant à tout désir de remplacer l'inconséquent ; Laure Freymond faisait partie de ces femmes au cœur fidèle à un passé. Elle vécut pour sa fille, avec l'unique objectif de créer entre elles une complicité à toute épreuve, et y réussit fort bien.

Si elle souffrit de son mariage pour des raisons trop personnelles, le bonheur d'Emmanuelle passait avant tout, primait sur ce détestable sentiment d'abandon qu'il lui arrivait de ressentir. Elle savait sa fille heureuse avec Chris... du moins voulait-elle s'en convaincre encore ce matin-là... Sans s'en rendre compte, elle rangea plus par manie que par nécessité les journaux empilés à côté du poste de télévision, et s'assit sur le rebord d'un fauteuil, les mains posées au creux de ses cuisses. Elle laissa partir ses yeux dans le vague. Ceux-ci ne s'accrochaient à rien dans la pièce lumineuse et soignée, comme pour laisser ses pensées libres de s'accommoder au pire. Sans pourtant imaginer la terrible réalité, une voix intérieure amplifiait son inquiétude.

Laure commençait à craindre des complications au sein du couple. Le comportement de sa fille ne la trompait pas ; Emmanuelle portait en elle un poids invisible, et tous ses efforts pour le cacher ne faisaient que l'accentuer à ses yeux de mère.

Elle lissa sa jupe et s'enfonça dans le fauteuil en obligeant son esprit à passer quelques évidences en revue. De toutes, le silence d'Emmanuelle la tracassait le plus. Il n'avait jamais été question pour elle de se mêler des affaires des jeunes gens, mais son cœur se serrait à l'idée que sa fille connût des malheurs identiques aux siens.

Occultant d'autres peurs venues de ses réticences à faire confiance aux hommes, Laure reconnaissait à Chris la qualité suprême d'aimer sa femme ; cela se sentait, cela se voyait à mille petits détails. Mais la durée d'un bonheur tient à si peu finalement... Elle en savait quelque chose.

Elle ne pouvait s'empêcher de s'interroger sur la rareté soudaine des appels téléphoniques de sa fille, comme de trouver surprenant son départ précipité en vacances. Jamais encore Emmanuelle ne s'était absentée durant la scolarité de ses élèves.

Ils étaient partis, elle et son mari, comme des voleurs en fuite, avait-elle traduit, sans lui rendre visite, sans autre précision qu'une destination communiquée par coup de fil, sans aucune date de retour. Autant de signes qui tranchaient avec l'habitude, en la laissant incontestablement en retrait.

Elle n'avait pas revu sa fille depuis deux mois, et encore, en coup de vent. Leur dernière rencontre véritable remontait à cet hiver, où elle les avait rejoints à la neige. Déjà, n'avait-elle pas remarqué des bizarreries dans le comportement d'Emmanuelle ? Elle en avait d'ailleurs fait part à Chris... En vain, elle chercha ce que son attitude aurait pu, involontairement, avoir de déplaisant.

Ne vivait-elle pas pour eux d'une certaine manière, sans pour autant les envahir de sa présence ? Sa discrétion lui était souvent reprochée, ses visites considérées trop rares.

Quel était donc ce pessimisme qui ne la quittait plus, qui contrariait toute quiétude en s'intensifiant au fil des jours ?

Elle réalisa que le facteur avait dû passer et se leva. Depuis trois semaines, elle se précipitait chaque jour au-devant de sa boîte aux lettres, espérant la longue lettre qu'Emmanuelle ne manquait jamais de lui adresser, toujours pleine de détails et d'anecdotes sur le lieu visité. Elle avait déjà reçu cinq cartes postales, trop brèves, trop neutres pour qu'elle parvînt à tirer d'autres conclusions. Mais ce jour-là, elle ne put retenir un soupir de joie en découvrant l'enveloppe, et fut incapable d'attendre pour effectuer un premier contrôle.

« Ma petite maman... » Allons, le ton y était... Laure sourit et remonta dans son appartement au troisième étage, la lettre serrée contre sa poitrine. Mais, après plusieurs lectures, elle sut que son malaise persisterait tant qu'elle ne reverrait pas sa fille.

Avait-elle la prescience du funeste ? Elle avait toujours été en étroite communication avec Emmanuelle, ressentant ses peines et ses chagrins, comme ses bonheurs.

Loin de la rassurer, les feuillets renforçaient son tourment. Elle ne saisissait pas, à travers les lignes, l'enthousiasme véritable de la narratrice pour une région autrefois connue, aujourd'hui redécouverte et partagée avec Chris. A aucun moment elle ne perçut son humour habituel, dans un courrier quasiment impersonnel. La fin lui laissa même une impression étrange, comme si les mots s'accordaient à ses prémonitions. Ceux de son gendre aussi ne lui procurèrent pas le moindre soulagement ; la haute écriture de Chris, lui, l'avare des mots écrits, avait ajouté trop de termes banals et polis à la fin de la missive.

Elle replongea dans ses doutes, presque malheureuse, et passa les heures suivantes à essayer de se défaire de ses craintes.

Lorsque la sonnerie de la porte tinta sous un doigt insistant, quelque chose se rompit en elle, comme si tout son corps ne s'attendait qu'au pire.

Sur le seuil de l'entrée, deux hommes en uniforme venaient, avec embarras, lui apporter une nouvelle qui dépassait de loin ses plus terribles pressentiments.

A leur départ, elle se laissa submerger par la douleur, brisée à jamais, à genoux sur le sol, la bouche ouverte en un hurlement muet.

3

Le silence se prolongeait au bout du fil. Le docteur Leroy insista :

— Que se passe-t-il ?

— J'ai une affreuse nouvelle à vous annoncer, Luc !

Un sanglot interrompit la voix défaite. Luc n'hésita qu'un bref instant.

— Il s'agit d'Emmanuelle, n'est-ce pas ?

— Emmanuelle et Chris... Un accident de voiture sur une petite route de montagne... La police ne comprend pas.

Lorsque le docteur Leroy reposa le combiné de son téléphone, ses doigts se joignirent pour se croiser en une fervente prière. Mais ce ne fut pas Dieu qu'il associa à son verbe. Son impuissance équivalait à se maudire en cet instant, non pas à se prosterner devant les volontés de l'Eternel.

— Annulez tous mes rendez-vous, Annie, je ne suis là pour personne.

Le ton du médecin s'accordait à son air sombre.

Son assistante le regarda, incertaine, jusqu'à ce qu'il lui avoue son émotion.

— Je ne sais quoi vous dire, docteur... c'est une bien mauvaise nouvelle.

Le docteur Luc Leroy acquiesça brièvement et alla s'isoler dans son cabinet.

Ses pensées étaient auprès d'Emmanuelle et Chris, hospitalisés à Grenoble.

Il s'assit lourdement sur son fauteuil de cuir et s'empara de la pile du courrier du jour. Parmi lettres et journaux, un pli important l'intrigua, auquel il donna la priorité. En le ramenant à lui, il sentit son cœur battre plus fort. Cette écriture...

Un malaise l'envahissait, le dérangeait. Il laissa passer quelques longues secondes avant d'entreprendre l'ouverture de l'enveloppe. Soudain ses doigts se précipitèrent, déchirèrent le papier kraft pour délivrer des feuillets manuscrits qui tombèrent en un bloc compact. En les manipulant, la plupart noircis de la haute écriture de Chris et d'autres de celle plus aérée d'Emmanuelle, une carte s'en échappa ; les mots de son ami Chris se mirent à danser devant ses yeux dilatés. Fasciné, il entendit comme dans un rêve la voix d'Annie conseiller à un patient de s'adresser à un confrère.

Après un silence lourd de réflexions amères, il appela :

— Annie, veuillez me réserver une place dans le prochain vol sur Grenoble.

4

Une infirmière examinait le corps inerte aux paupières closes.

— Pauvre beau jeune homme, souffla-t-elle, il s'en sortira ?

— Nous l'espérons, répondit une deuxième blouse blanche de l'autre côté du lit.

— Comment va-t-il supporter la terrible nouvelle ?

— Il n'est pas en état de l'apprendre.

— C'était sa femme, n'est-ce pas ? Elle est morte sur le coup.

— Taisez-vous, voyons !

Chuchotés à ses côtés, les mots avaient atteint Chris sans qu'il en comprît le sens.

Il voulut bouger mais ses membres lui parurent de plomb. Il était trop las pour ouvrir les yeux. Au prix d'un effort, il souleva les paupières et aperçut, entre ses cils, des formes blanches. Penchée sur lui, l'une d'elles se matérialisa brièvement : une chevelure floue, des yeux inquiets, interrogateurs...

— On dirait qu'il revient…

Une rumeur naissait dans sa tête… la sensation que procure une anesthésie avant qu'elle n'ait produit son effet… l'impression de s'endormir mais de tout entendre dans un maelström cotonneux… Qui étaient ces gens autour de lui qui murmuraient, croyant qu'il dormait ? Qui était mort ? Il se sentait bien trop vivant pour que l'on parle de lui. Il avait envie de faire taire ces voix qui semaient l'appréhension dans son cœur.

Où était Emma ? Un coup de tendresse pour sa femme réchauffa ce froid qui gainait ses membres. Sa douceur lui manquait, en cet instant, en ce moment où un sourire, un regard l'eussent réconforté de se sentir aussi mal.

Il se crut revenu des années en arrière, lors de son opération de l'appendicite. Le malaise était identique, comme l'étaient ces odeurs bien trop particulières d'éther et de désinfectant. Il revit le visage de sa mère au-dessus du sien, ou peut-être celui de quelqu'un d'autre ; en tout cas ce n'était pas celui d'Emma.

Le mot « mort » prit soudain une terrible signification. Il aurait voulu parler, interroger ces voix qui chuchotaient tandis que la peur le saisissait tout entier. Il se débattait entre rêve et réalité, luttant pour rattraper une idée qu'il ne réussissait pas à fixer…

Contre quoi diable se battait-il ? Pourquoi la date du 11 avril s'imposait-elle à son cerveau enfiévré, accaparant toutes ses facultés ?

L'effort le terrassa. Il se sentit basculer dans un

gouffre, comme si la terre cédait brusquement sous ses pieds.

Le rêve – ou ce qu'il croyait être un rêve – péniblement l'entraînait dans sa chambre parisienne... à travers un mur de brume consistante...

... où les bruits de la rue s'éveillaient...

Ils parvenaient jusqu'à leur étage en brouhaha, filtrés par l'épaisseur du double vitrage.

Fragile ébauche d'une journée nouvelle, une lueur timide pénétrait dans la chambre par le volet entrebâillé. Le jour blafard et tremblant donnait des choses une image grise, imprécise.

Chris n'avait pas fermé l'œil de la nuit. Dix fois il avait failli réveiller le corps immobile allongé près du sien. Dix fois son geste était resté suspendu.

Son regard glissait, sans s'arrêter, sur les meubles de la chambre. Les ombres reculaient. Celles des murs, pas celles de ses pensées.

Soudain il se leva. « Je deviens fou. »

Il chercha par habitude la montre qu'il déposait chaque soir sur la table de nuit, depuis quatre ans. Il ne la trouva pas. La lumière rouge du réveil clignotait : 12-04, 5 : 00 ; 12-04, 5 : 00 ; 12-04, 5 : 01. Il s'arracha à la fascination des chiffres. Un mouvement machinal du poignet lui révéla la présence du bracelet à son bras : il était bien 5 heures !

Hier soir, pas plus que la montre il n'avait ôté son jean et son tee-shirt. Couché tout habillé, il s'était pelotonné avec une précaution infinie contre le corps de sa femme, les yeux en larmes, le cœur en désordre, la tête lourde de sa découverte.

Ses jambes plièrent malgré lui, et il se laissa tomber dans le fauteuil tout près de la fenêtre, les yeux fixés sur le corps abandonné. Dans l'ombre du petit matin, Emma offrait à son regard désespéré les courbes douces qu'il connaissait par cœur.

Il ne sentait pas la fraîcheur l'engourdir. Ses doigts crispés dans ses cheveux lui firent brusquement mal. Il les massa un instant, sans s'en rendre compte.

Enfin il se leva et s'approcha du lit pour remonter le drap sur l'épaule endormie. Il se pencha pour écouter la faible respiration et sentit sa poitrine se contracter à lui faire mal.

— Ma tendre, ma belle, murmura-t-il, que nous arrive-t-il ?

Et puis il passa dans la salle de bains où un verre d'eau ne chassa pas la boule amère logée dans sa gorge. Lorsqu'il releva la tête, ses yeux plongèrent dans le miroir qui lui faisait face. Il luttait pour se raccrocher à une réalité qui le fuyait.

Avec un décalage inexpliqué, il revivait un drame – était-ce le sien véritablement ? – avec l'impression d'évoluer dans un brouillard visqueux, et pour seul repère le contour incertain de ses pensées malmenées.

Debout devant le miroir insensible à son drame, il fixait cet autre lui aux illusions perdues. L'ombre de ses cernes s'étalait sur ses joues blêmes.

Combien donnerait-il pour retrouver sa légèreté ? Même en soupçonnant le pire, il n'avait à aucun moment effleuré la réalité, car l'humain ne reconnaît que sa seule douleur quand il se croit délaissé, dès lors que sa moitié semble prostrée.

Le pire, pour lui, n'avait-il pas eu pour noms tromperie, duplicité ? Il se haïssait à présent d'en avoir seulement imaginé l'idée, bien que l'un de ces termes sonnât pourtant juste.

Hier enfin ! Hier, décidé à crever l'abcès, Chris avait brusqué les choses...

Des impressions de plus en plus précises l'agressèrent, et il frissonna.

— Il s'agite. Piqûre ! dit une voix qui perça la bulle dans laquelle Chris se débattait.

Il devina le ballet d'ombres blanches tout autour de lui. Il voulut parler, mais le brouillard l'engloutit, tandis qu'il localisait une douleur vive dans son côté droit.

Il décrocha, pour dériver entre deux mondes où la seule réalité était ce miroir dans lequel une bouche démente hurlait des mots qu'il n'entendait pas.

La brume s'éclaircit un beau matin, pour le rendre à la vie, une vie qu'il refusa quand il réalisa l'atroce vérité ; Emma, sa femme, avait péri dans l'accident qui lui laissait à lui des absences redoutables.

Plongé à plusieurs reprises dans un sommeil réparateur, Chris avait des réveils trop douloureux et il se laissait ballotter avec une déconcertante facilité entre aujourd'hui et hier, avant-hier et même plus. Il ne savait plus.

— Ne paniquez pas, disait le médecin de l'hôpital, le choc a été brutal. Le traumatisme ne peut s'effacer en un tour de main.

— J'ai l'impression d'avoir perdu des données essentielles de ma vie.

— Rassurez-vous, amnésie passagère et normale. Votre système limbique a été endommagé, perturbant ainsi votre mémoire individuelle, celle où sont engrangés vos souvenirs personnels. Votre mémoire collective, elle, est intacte, vous avez conservé vos réflexes, votre acquis.

— Je ne sais même plus pourquoi nous étions dans cette région... En vacances, dites-vous ? Les couleurs n'ont plus les tons que je connaissais... tout me paraît plus terne, plus gris.

Il avait tenté d'expliquer l'étrangeté de ce qu'il ressentait, mais n'avait obtenu que des encouragements à patienter.

— Vous allez retrouver des repères qui vont ranimer vos souvenirs. Tout sera bientôt comme avant.

— ... Comme avant.

Comment pouvait-on lui donner pareille réponse ? Plus rien ne serait comme avant sans Emma.

5

Combien de fois, depuis sa résurrection, Chris avait-il contraint son esprit à revivre les heures fatidiques, le dérapage fatal, la chute dans le ravin... la mort d'Emma. En vain.

Rien ne reliait les événements entre eux, et il n'en finissait pas de se heurter au mur froid de sa mémoire vide. De bout en bout, ses nuits n'étaient qu'une succession de fantômes dont les visages s'évanouissaient quand il croyait les saisir.

Les larmes jaillissaient de ses yeux dès que la dure réalité reprenait ses droits, ou dès que l'évidence l'accablait ; pour avoir conduit ce jour-là, il avait tué sa femme ; comment osait-il survivre ?

La culpabilité le rongeait, terrible ennemie de la conscience, ravivée par le manque total de souvenirs.

Redouté plus que tout, le moment de rentrer chez lui arriva trop vite. Il se retrouva au milieu de ses meubles comme un étranger, amputé dans sa chair et dans son esprit, avec la sensation de gésir dans un tunnel dont la sortie était obstruée par un mur blanc.

Il jeta ses bagages dans le hall et ses premiers gestes furent de se fermer au monde. Le téléphone débranché, les volets condamnés repoussant la lumière du dehors, il s'installait à sa manière dans une tombe.

Il tourna en rond dans chaque pièce, où chaque centimètre carré lui rappelait douloureusement sa jeune femme. Aussi sûrement qu'il l'avait adorée, elle allait lui manquer, et sa hantise était de la voir échapper à ses souvenirs.

Il ne s'expliquait pas ce phénomène bizarre qui lui avait interdit de se rendre sur sa tombe. N'ayant pas assisté à son enterrement, il avait tout de suite voulu découvrir sa dernière demeure, mais les allées du cimetière s'étaient allongées sans fin devant ses pas, comme pour lui en retarder l'accès, ou lui faire croire qu'il ne s'agissait pas d'Emma, étendue tout là-bas à jamais sous la terre noire. Il avait abandonné, remis sa visite à plus tard mais… avait-il eu véritablement envie de se recueillir devant la morte ?

Il refusait d'amorcer son deuil d'Emma, tout en redoutant de rester vivre dans cet appartement où il ne ferait que la respirer, l'entendre sans la voir. Un bruit dans le hall extérieur, la porte de l'ascenseur, tout ne serait que prétexte, tout ne serait qu'attente et souffrance.

Fébrile, il s'empara de leurs albums et en arracha toutes les photos d'elle, qu'il épingla sur les murs tout autour de lui. Des heures durant, il passa de l'une à l'autre, voulant en extraire plus qu'un sourire glacé, plus qu'un regard trop fixe.

Un foulard d'Emma à pleines mains malaxé et pressé contre sa bouche pour en humer jusqu'au plus subtil parfum, il ne cessait de vouloir à tout prix percer le mystère de son amnésie : pour retrouver les dernières heures de leur vie, revivre les rires d'Emma, leur passion.

Désespéré, il s'affaissa le long d'un mur, le regard levé, adorateur, sur les figures figées. Remué jusqu'au fond de l'âme, il comprenait combien il avait aimé le doux visage, mais le mur blanc et trop lisse, le long duquel il tâtonnait en vain, ne cédait pas d'un pouce, et les couleurs fuyaient les clichés qui finirent par danser devant ses yeux rougis et fatigués.

Alors il se releva péniblement, se laissant aller à un autre comportement étrange ; attiré par quelque volonté secrète dans la salle de bains, il n'en finissait pas d'interroger son reflet dans la glace au-dessus du lavabo, comme si l'individu qui lui faisait face était le voleur de sa raison.

Il sentait obscurément qu'une part de sa vie s'inscrivait là, tout près, derrière la surface glacée.

Il n'osa passer la première nuit dans ses draps, où l'absence d'Emma se posa de manière plus cruelle. Blotti dans le fauteuil, le souffle court car envahi d'une sensation vécue, il se laissait imprégner de faits lentement émergents.

Il laissa ses doigts s'engourdir à trop se crisper dans ses cheveux.

La vision d'une épaule endormie, sur laquelle il avait remonté le drap, lui apporta une douleur supplémentaire, liée à autre chose qu'à la mort d'Emma… une chose qui l'appelait dans la salle de bains, tapie derrière le froid du miroir…

Comme un somnambule, il quitta le fauteuil et se leva, farouchement décidé à investir la pièce carrelée de faïence.

La lutte recommença, silencieuse et bientôt vaine…

Cet acharnement allait le rendre fou. Les poings serrés, il se retint de frapper la surface lisse et trompeuse, dans laquelle il ne se reconnaissait pas.

Un souffle de raison le ramena dans la chambre, où les lueurs d'une aube inutile apportaient un piètre signe de vie. Alors il s'approcha du lit et s'y laissa sombrer, étreignant l'oreiller avec une violence désespérée, à la recherche d'odeurs, balbutiant des mots d'amour.

S'endormit-il ?

Il se crut aux portes de la folie lorsque le fantôme d'Emma lui apparut, mais cette folie ne l'impressionna pas. Comment cela aurait-il pu être ?

Penché sur lui, souriant et doux, tel qu'il le définissait toujours, le beau visage s'imposa à ses sens, auréolé de vapeur rose ; ses lèvres l'appelèrent doucement, inlassablement, tandis que, incapable du moindre geste, il restait saisi, absolument certain de ne pas rêver mais terrifié à l'idée que la vision cesse… et les yeux et les lèvres, à présent ombres plutôt que chair, n'en finissaient pas de vouloir l'attirer à eux…

Quand la forme s'estompa, il crut bien voir les traits s'attrister avant qu'ils ne s'évanouissent tout à fait.

En transe, il rejeta les draps et, implorant, chuchota pour ne pas effaroucher l'ange : « Non, ne pars pas, fais-moi un autre signe, mon amour, reviens. Reviens, je t'en supplie. »

Lui, le sceptique, le presque athée, lui pour qui l'inexplicable n'était que leurres et pièges destinés aux esprits faibles, se laissa aller au désir de vaincre les frontières de l'au-delà, et abandonna aussitôt l'idée de quitter ces lieux.

Dès lors, ses jours se succédèrent, identiques et lents, durant lesquels il s'interdisait tout ce qu'Emma ne pouvait plus faire. Il avait jeté tous ses médicaments dans la cuvette des W-C, laissant la spirale d'eau emporter sa renaissance.

Il ne lui restait plus que l'attente.

Quand il n'était pas planté devant le lavabo, à transpercer son reflet dans la glace, il passait la journée à souffrir, à plonger dans l'examen de leurs papiers, de leur correspondance, afin de saisir le moindre petit fait révélateur ; jusqu'à regretter que leur vie, trop banale et organisée, ne se distinguât en rien qui aurait pu faire tressauter sa mémoire.

Chaque soir, il attendait la nuit avec espoir, à l'affût du moindre signe, du moindre souffle autour de lui, mais terrorisé à l'idée d'avoir raté l'unique moyen de retrouver son Emma.

6

Enfoncé dans ce mystère de l'identité, cette solitude sans écho, dans ce silence au fond duquel il ne savait pas s'il était en train de survivre ou de mourir, Chris réalisa soudain son isolement.

Il n'avait plus de famille proche. Ses rares parents étaient éparpillés aux quatre coins de France, et il ne s'en souciait point, puisque Emma avait comblé tout manque en ce sens. Un homme ne se rattache-t-il pas à sa seule femme, l'indispensable maillon à la création de sa propre famille ?

Ses réflexions s'enchaînaient les unes après les autres, sans aucune cohérence. Il les laissait l'effleurer, le pénétrer parfois, lui échapper pour faire la place à d'autres, preneur de toute information, attendant d'elle une influence, un stimulus quelconque.

Et l'idée de la famille se fixa peu à peu dans son esprit.

Alors qu'il croyait avoir rompu radicalement tout contact avec l'extérieur, ses pensées le ramenaient à

Laure. La complicité des deux femmes lui revenait à l'esprit et, pour la première fois, il avait envie de partager sa douleur avec quelqu'un.

Qui, mieux que sa belle-mère, pourrait lui parler d'Emma et comprendre son désespoir, lui rapporter des instants précieux qui déclencheraient des réminiscences ? Il n'en pouvait plus de deviner seulement son amour, il avait besoin de se l'entendre raconter.

Au bas de son immeuble, il ne perçut pas la douce chaleur printanière, ni l'animation dans les rues parisiennes.

Il héla un taxi dans la circulation et se fit emmener chez Laure, dans la banlieue est, se maudissant de retenir une adresse et pas les dernières semaines de sa vie.

Durant le trajet il ne s'intéressa à rien, se refusant à replonger dans la vie des autres, qui ne comptaient plus pour lui, obnubilé par sa précipitation de revoir Laure.

Devant un immeuble à la façade grise, une forte émotion le retint d'appuyer son doigt sur le bouton de l'Interphone, ce qui laissa le temps à un couple âgé de s'approcher et de pénétrer dans le hall, après lui avoir jeté un regard soupçonneux. Son allure dut les rassurer ; ils tinrent la porte ouverte.

— Vous allez chez qui ?

— Madame Freymond.

— Ah !

Le mot parut plein de sous-entendus à Chris, mais

il entra à leur suite et s'engagea dans l'escalier pour ne pas subir leur présence dans l'ascenseur. Le hasard voulut que le couple habitât au troisième étage, voisin de Laure Freymond. La curiosité fit qu'il attendit Chris, pour voir une nouvelle fois le jeune homme qu'il s'était décidé à reconnaître comme le « gendre ».

Chris leur jeta un regard froid avant de revenir fixer la porte de sa belle-mère. Qu'avait-il attendu d'elle ? Du réconfort ?

Au premier contact, il sut qu'il avait eu tort. Tout de suite, il chercha en vain la douceur d'Emma lovée dans les traits marqués de sa mère. De douceur en cette femme il ne vit plus nulle trace, comme si la révolte qu'elle contenait ne demandait qu'à surgir de toute part.

Il aurait pourtant voulu faire un geste tendre : se jeter dans ses bras et unir sa douleur à la sienne. Mais ce court face-à-face muet fut trop pesant pour l'un comme pour l'autre.

Laure s'effaça enfin pour le laisser entrer. Sans un mot, elle le précéda dans le salon et s'assit sur le bord du fauteuil comme à son habitude, se refusant à parler la première. Il s'installa en face d'elle. Il la trouva changée, vieillie, les cheveux grisonnants, loin de sa coquetterie d'hier. Elle l'examinait aussi, mais à la dérobée, nerveuse.

— Je voulais… vous parler d'Emma… je ne me souviens plus de…

Elle éclata d'un rire qui lui fit mal. Surpris, il la regarda se pencher en arrière et revenir planter ses yeux acérés dans les siens.

— Vous ne vous souvenez plus ! Comme c'est commode !

Le cœur étreint, Chris se tut et laissa son regard voler tout autour de lui, à la recherche peut-être d'une ressemblance dans le décor, le rangement, les manières. Il n'avait jamais accordé beaucoup d'attention à l'intérieur de Laure Freymond, mais aujourd'hui il cherchait Emma aussi à travers sa mère.

Un almanach, aux feuillets quotidiens détachables, retint son attention. La date affichée le frappa : 29 mai. Laure avait suivi son regard et le devança sèchement :

— Ma vie s'est arrêtée ce jour-là… Je suppose que ça ne vous fait pas le même effet ?

Chris ne releva pas l'ironie mordante. Cette date représentait toute sa souffrance. Lui aussi n'avançait plus, retenu par un fil mystérieux à ce jour fatidique. Il pouvait comprendre la méchanceté de Laure.

Un portrait de sa jeune femme trônait sur un bahut. Il se leva et vint s'en emparer doucement.

Emma avait toujours su transmettre une part mystérieuse d'elle-même à l'objectif, une part de son âme. La chevelure remontée en queue de cheval dégageait le fin visage ovale, qu'un sourire un brin moqueur irradiait. Chris détailla les traits un à un, retrouvant dans chaque expression ce qu'il y avait défini au fil de leur vie commune.

Il amena la photo à ses lèvres. Le dos tourné à Laure, il put ravaler ses larmes avant de l'affronter à nouveau.

Elle ne lui proposa rien, ni boisson ni de s'attarder,

enfermée dans un mutisme buté. Il aurait préféré un éclat plutôt que ses accusations silencieuses.

Il s'avança vers elle et voulut la toucher. Elle recula vivement. Il sursauta et s'excusa :

— Si vous saviez, Laure, si vous saviez combien le remords me hante. Je ne me rappelle pas… ni l'accident… ni tout le reste.

Elle se pencha en avant et commença à se balancer comme font les toutes petites filles. Une mèche de ses cheveux vint lui barrer la joue, sans qu'elle fît un geste pour la ramener derrière l'oreille.

— C'est quoi, tout le reste ? fit-elle dans un souffle.

— … On était en vacances…

— … Apparemment…

— Je suppose que l'on vous a écrit.

Laure hocha la tête.

— … Pourrais-je… ?

Elle le regarda durement, sur le point de dire quelque chose, mais se retint. A contrecœur, elle se leva et alla dans sa chambre. Elle en revint avec des cartes postales et une lettre, qu'elle lui tendit d'un geste brusque, sans le regarder.

Chris examina les mots de sa femme, sa propre signature, regarda longuement les vues, classiques paysages de montagne. Puis il lut la lettre, parachuté dans un contexte qui lui échappait totalement.

Les descriptions d'Emma n'éveillaient rien en lui de fracassant, mais il s'interrogeait sur ses propres lignes, banales politesses et redites d'Emma, qui pourtant le remuaient au plus profond de lui-même.

Penché sur les arabesques noires, il eut un léger sursaut. Brutalement, il se souvint – ce fut aussi rapide que l'éclair ! – d'autres mots, qu'il avait écrits sur des pages entières, beaucoup plus de mots, beaucoup plus...

Un doute l'envahit, qu'il aurait voulu engloutir pour ne pas se trahir, mais il ne put retenir sa question.

— On s'aimait, n'est-ce pas ?

Laure releva vivement la tête, les yeux trop brillants, presque cruels.

— Emma et vous étiez très proches, reprit-il. Elle vous disait tout. On s'aimait, n'est-ce pas ?

— ... Je ne sais plus...

— Expliquez-vous.

— Je ne sais pas... Elle avait changé, affirma Laure, le regard maintenant à terre.

— Que vous a-t-elle dit ?

— Rien, justement. Emmanuelle était secrète, on ne s'entendait pas aussi bien que vous le pensez.

— Elle avait changé, dites-vous..., fit Chris en cachant sa surprise.

— Oui. Je vous avais même prévenu.

— Quand ? Quand ?

Mais Laure se leva pour lui jeter durement :

— Ne revenez plus. Nous n'avons plus rien à nous dire.

— Vous me haïssez, n'est-ce pas ?

— Je vous hais depuis que vous me l'avez tuée ! dit-elle, frémissante.

— Ne dites pas cela, mon Dieu ! Ne dites pas cela ! fit Chris, les mains sur les oreilles. De grâce.

— Partez, ou j'appelle la police !

— Pourquoi une telle haine ? murmura Chris, livide.

— Dehors !

— Vous me haïssiez déjà ! Depuis le jour où j'ai épousé votre fille ! Vous détestez tous les hommes !

— ...

— Emma vous aimait, elle vous adorait !

A ces mots, Laure se jeta sur lui et se mit à le frapper, haletante.

— Vous me l'avez tuée !

— Non, non.

Elle referma sa bouche, qui était prête à débiter d'autres horreurs. La porte claqua devant lui, le coupant d'une furie.

Il avait franchi le seuil, sans se rendre compte qu'il avait reculé, repoussé par la haine de Laure, et se retrouva face au panneau de bois, sur lequel il faillit se ruer. Il se retourna et un sursaut lui échappa. Il était nez à nez avec des mines sombres.

Alertés par les éclats de voix de Laure Freymond, les voisins venaient en renfort. Il reconnut le couple de tout à l'heure, et un autre, plus jeune. Les visages étaient fermés et durs. En passant devant eux, il entraperçut une batte de base-ball que l'homme plus jeune cachait derrière son dos. Les poings serrés ne laissaient rien présager de bon.

La poitrine oppressée, Chris amorça la descente de l'escalier, dans un silence de mort. Il lui sembla reconnaître le même air menaçant, dur et fermé, sur les visages qu'il croisa dans les rues. Etaient-ils le reflet de sa mauvaise conscience ? Il se sentait coupable dans le regard des autres.

Il fut soulagé de rentrer se calfeutrer chez lui.

7

Il comprenait que le bouleversement de Laure pouvait l'emporter jusqu'au délire et à la haine. Il excusait sa douleur de mère mais, venu chercher un soutien chez elle, il en était revenu dans un désarroi total. Sa visite n'eut d'autre résultat que de faire naître d'affreux doutes en lui.

Aussi loin qu'il pouvait revenir en arrière, il voyait d'Emma et de lui un couple heureux, animé de la même foi pour aborder leur avenir avec confiance.

Il refit un examen approfondi des clichés épinglés, ravalant ses pleurs pour mieux saisir des impressions… jusqu'à ce que l'idée lui vînt.

Il se précipita vers les bagages toujours relégués dans le hall et entreprit de les ouvrir ; d'abord le sien, ensuite avec difficulté celui d'Emma. Il tâtonna parmi le linge féminin, à la recherche de l'objet, surmontant son envie d'enfouir son visage dans chaque vêtement.

Sa fouille se révéla vaine. Perplexe, il se releva pour

venir explorer le meuble du salon. L'appareil photo était bien au fond de sa niche, sans pellicule, inutile.

Chris resta les bras ballants, cherchant à comprendre pourquoi ce compagnon de vacances avait été spolié de son rôle. Et plus il s'acharnait à saisir le sens de cet oubli, plus il se sentait la cible de tous les regards affichés autour de lui.

Chris n'avait jamais souffert de paranoïa, trop sûr de lui, toujours, pour craindre la médisance ou le pire... Alors, pourquoi se sentait-il le point de convergence de ces yeux soudain accusateurs ? De quelque côté qu'il regardât, Emma le fixait, tantôt gravement, tantôt méchamment, tantôt suppliante...

Après les sous-entendus de Laure, il ne supportait plus ces reproches muets. Ses pas l'emportèrent péniblement dans la salle de bains où il emplit un verre d'eau et le porta à ses lèvres...

... où un verre d'eau ne chassa pas la boule amère logée dans sa gorge...

Cette sensation...

... Lorsqu'il releva la tête, ses yeux plongèrent dans le miroir qui lui faisait face. Il luttait pour se raccrocher à une réalité qui le fuyait...

Cette sensation d'y être enfin...

Il avait fait les mêmes gestes, ce fameux 11 avril, avant de plonger dans un cauchemar ! C'était cela !

Sa tête était sur le point d'éclater ! Il demeura prostré, à scruter sa propre image, en attente d'un autre flash, puis le découragement le gagna, poignant, terrifiant, car plus rien ne se passait.

Il se traîna jusqu'au salon, en évitant de regarder les chers visages qui animaient les murs, et tomba à genoux la tête entre les mains, écoutant les mots se bousculer à l'infini dans sa tête enfiévrée : « Emma avait changé… changé… »

Il se mit à sangloter comme un enfant plongé dans une nuit menaçante. Il commença à trembler, tandis qu'une vive douleur au côté le faisait grimacer. Nul doute, l'effort qu'il avait fait de se déplacer chez Laure, et celui de repousser l'infernal mur blanc avaient provoqué une fatigue extrême.

Chris sombra dans un sommeil lourd et désespéré, pendant que son subconscient s'activait pour le rassurer…

… Dès son embauche, Chris n'avait pas déçu ses employeurs, mettant aussitôt sa jeunesse curieuse et dynamique à leur service. Sans ménager son temps ni sa peine, il avait adopté la politique et les actions de la banque. Il n'avait eu de cesse de s'imposer, par son goût du travail et par ses compétences. Il côtoyait les hautes sphères chaque jeudi et réussissait régulièrement à donner de l'intérêt à des réunions fastidieuses.

Si le regard indulgent de ses responsables ne manquait pas de susciter des jalousies, Chris n'en avait cure. Très tôt, il s'était fixé des objectifs. Il avançait dans une carrière tracée d'avance, dont la vision à moyen terme convenait à son ambition personnelle.

Il gérait aussi tout le reste avec brio. Cela s'était confirmé avec son mariage ; depuis qu'il avait épousé Emma ; depuis qu'il avait construit un foyer avec la femme de sa vie. Car autant il était convaincu de réussir sa vie professionnelle, autant il l'était d'avoir trouvé l'amour, le vrai, l'unique, celui que l'on reconnaît au tout premier instant.

Chris se sentait comblé. Il avait le sentiment d'être invulnérable. Il trouvait la vie belle et généreuse, et il comptait bien la croquer jusqu'au bout. Fort, plus fort au fil du temps, de cette sorte de facilité, ou même de béatitude, qui enveloppait sa vie comme un papier cadeau, il entendait provoquer le sort s'il venait à changer de cap.

Une telle confiance en soi ne pouvait qu'être moteur, et le jeune homme avait tous les symptômes du type bien dans sa tête, bien dans sa peau. Aussi n'entrait pas dans ses réflexions la peur d'un lendemain différent ou plus sombre. Ses seuls instants de doute, s'il fallait les qualifier ainsi par opposition à sa confiance, venaient d'Emma. La vision du monde de sa jeune femme dépassait un peu la sienne ; elle était sans conteste plus tournée vers son prochain qu'il ne l'était lui-même.

Tout rimait avec bonheur. Pourtant une ombre au tableau avait terni cette quiétude, même si l'enthousiasme de Chris l'avait allégée pour la transformer en bonheur, lorsqu'il avait répondu au souhait d'Emma.

« Bien sûr que nous allons adopter un enfant ! Et comment ! Un tout-petit ! Si petit, que ce sera comme si nous l'avions fait nous-mêmes ! »

Emma avait souri, de ce sourire qu'il aimait tant…

8

Chris se cloîtra davantage, refusant la lumière, refusant le temps qui passe, s'interdisant d'avancer pour ne pas oublier.

Par fidélité à Emma, il voulait se garder pétri de douleur et bourrelé de remords, arrêté à l'instant T de sa vie basculée.

Cette deuxième phase de solitude accentua son amertume. Il avait toujours l'impression de vivre en décalage, constamment attiré dans la salle de bains où répéter inlassablement le geste de porter un verre à sa bouche ne déclenchait plus d'images.

Alors il frappait sauvagement le lavabo pour ressentir un mal physique. Il appréciait la douleur qu'il s'occasionnait, à la fois comme punition et comme stimulant, et constata bientôt qu'il pénétrait plus avant à travers les arcanes de son esprit, quand l'abattement succédait à son énervement ; un abattement qui ressemblait à un somme de qualité, où le rythme de ses pensées folles s'apaisait pour mieux le faire progresser dans l'exploration du mur blanc.

Tantôt agité tantôt amorphe, mais toujours tenace, il passa des heures entières debout devant le miroir, concentré jusqu'à la migraine, dans l'attente d'une vérité enfouie derrière le tain.

Les yeux hagards rivés sur ceux qui l'affrontaient, il sentait que toute son insouciance avait éclaté ce fameux jour d'avril, dont le chiffre 11 s'inscrivait au fer rouge sous son front.

Une plaie à vif dans tout son être, antérieure à l'accident, lui soufflait qu'il avait perdu la paix ce jour-là, même si une autre, plus ancienne, se superposait parfois à elle.

Il n'avait donc que deux petits mois de sa vie à redécouvrir, trois au pire pour comprendre ce qu'il faisait là, à mi-chemin de la raison et de la folie.

Il éclata d'un rire dément et il dut se raccrocher au lavabo, pris de vertige. Quelle était sa part d'instinct dans ce jeu maudit ?

Il se rappelait certaines conversations qu'il avait eues avec Emma. Il disait volontiers n'avoir aucune intuition et se déclarait tourné vers le concret, le solide, base essentielle de ses avis déterminés. Emma l'amusait à vouloir lui prouver le contraire, l'accusant de se complaire par facilité dans le schéma type du flemmard intellectuel et un brin macho.

L'intuition était une option qu'il laissait aux femmes. Il se refusait à plonger dans les méandres d'une psychologie de boulevard, plutôt convaincu de critères qui faisaient figure de constats, comme la franche camaraderie ou la franche rigolade. Mise à part sa détermination dans des domaines précis, Chris n'aimait pas les complications.

Mais, si peu lui importait de chercher le pourquoi et le comment, il écoutait volontiers Emma lui expliquer ses avis sur le moindre événement, reconnaissant le bien-fondé de ses propos.

« ... Tu ne peux nier que certaines convictions ne sont qu'une somme d'intuitions, disait-elle. A force d'analyser tes dossiers, tu appréhendes tout événement comme bon ou mauvais. Sans appel.

— N'est-ce pas la meilleure des approches ?

— Tu oublies les nuances, les circonstances.

— Nous parlons toujours de mon travail ? se moquait-il.

— C'est le seul domaine où tu peux avoir raison, mais tu sais très bien ce que je veux dire. Entre le noir et le blanc, il y a une multitude de gris, et chacun a son histoire, mais toi tu recherches toujours la facilité... »

Un faible sourire éclaira le visage de Chris à l'évocation de sa femme. Cette notion de blanc et de noir lui revenait-elle à l'esprit à cause de tout ce gris qui l'entourait ?

Depuis la mort d'Emma, tout semblait s'adapter à la couleur de son âme.

Sa femme, son amour... En quoi Emma aurait-elle pu changer ? Lancinante, la question rebondissait contre les parois de sa prison morale. L'écho résonnait dans le tunnel sombre et glacé, pour exploser contre le mur trop lisse et lui faire mal.

Et soudain, la peur fut là. Une angoisse tapie dans le tréfonds de sa mémoire lui criait que Laure avait raison. Il frémit... car, en même temps, la surface du miroir s'animait enfin... à la fois troublait son reflet et le ravivait, le sortait du gris dans lequel il se fondait.

... Ce visage, déformé par la tristesse, n'était-ce pas le sien en train de s'imposer un retour en arrière dans le temps, une recherche minutieuse de tout ce qui aurait dû alerter sa curiosité à défaut de son inquiétude... Il avait essayé de se remémorer des choses qui l'avaient forcément interpellé à un moment ou à un autre... des signes qui auraient dû le faire sortir de sa tranquillité douillette...

Quels signes ? Et pourquoi ?

Chris sentait quelque chose de terrible émerger de la glace et il dut se raccrocher à la faïence, le cœur douloureux.

Il allait se raccorder... il allait réussir...

... La date du 11 avril s'estompa dans son cerveau, peu à peu remplacée par une autre, plus ancienne. Se déconnectant du 11 avril, son esprit vint se fixer sur ce jeudi 20 mars, où quelqu'un lui avait tapoté le bras afin qu'il sortît de sa rêverie.

... Retenant un tressaillement, il avait forcé les apparences et arboré un air concentré. Reléguer son irritation au second plan tout en ignorant surprise ou curiosité dans les douze regards fixés sur lui lui avait demandé un effort que l'habitude rendait aisé...

De toutes ses forces, Chris contint sa pensée. Contrarié ? Cet état ne lui était pas coutumier.

« ... Alors, commençons-nous ? » avait répété le président Serre.

L'esprit de Chris avait capté à nouveau l'atmosphère du bureau présidentiel où se déroulait la réunion de travail. La routine avait repris le dessus. Il s'était avancé sur son siège de cuir et avait calé ses coudes sur la table ovale pour ouvrir un épais dossier.

Dans le silence attentif, le bruit sec de l'élastique avait débuté la réunion. Sa légère absence du début avait été oubliée dès lors qu'il eut commencé à résumer avec brio, comme à l'accoutumée, des projets compliqués. La voix claire, le ton sûr, Chris avait chassé ses soucis personnels afin de convaincre ses collaborateurs de financer de lourds investissements...

Ainsi, ce jeudi 20 mars, il avait commencé à s'interroger sur sa vie. Tendu à l'extrême, Chris se concentra encore et encore, mais, comme l'ampoule qui éclate et rend tout à la nuit, sa pensée explosa.

9

Las, Chris se laissait glisser d'un rêve à un autre, essayant désespérément d'en extirper un fragment de réalité.

Comme la vague vindicative, sa volonté farouche n'en finissait pas de venir et revenir ébranler le roc lisse et blanc. Pour provoquer quelque étincelle, elle ne cessait de violenter ses souvenirs communs avec Emma, leurs différences, leur vie, leur travail respectif.

Il apprit la patience, puisque le voile, à plusieurs reprises, se souleva pour lui rapporter, par flashes, des lambeaux d'hier, qu'il tenta aussitôt d'assembler comme les pièces d'un jeu, même s'ils n'avaient pas trait à la période qui l'intéressait.

Il se convainquit que le miroir, dans lequel il se penchait inlassablement, lui renvoyait les couleurs qui lui manquaient depuis l'accident et modifiait sa vision des choses, comme si réalité et cauchemar étaient inversés ; le cauchemar était ses journées vides, et la réalité celle qu'il découvrait derrière la surface glacée.

Ce matin-là, le tapis du salon lui parut encore plus gris. Une image fulgurante lui traversa l'esprit. Il revit Emma agenouillée, désemparée, impuissante devant la laine souillée de cendre, un cendrier à la main. L'énervement qui s'était ensuivi ne ressemblait pas à sa jeune femme qui maniait l'art du relativisme.

... Sa réflexion emplit ses oreilles :

« ... Tu comprends, j'ai acheté ce tapis pour sa blancheur, avait-elle dit, plus que navrée...

— Un tapis se nettoie, ma chérie. Où est le problème ?

— Oui, mais ce blanc si... blanc..., si pur... Tu comprends, j'ai acheté ce tapis pour sa blancheur... Elle représente pour moi... le bonheur sans fausse note... l'éternité ! »

Chris buta contre les mots dont la signification lui échappait aujourd'hui, mais qui avaient dû avoir un sens.

« Quelle histoire ! avait-il répliqué. Il sera aussi blanc qu'il l'était, en sortant du pressing ! »

Le cendrier fautif à la main, Emma avait secoué la tête et quitté le salon. Chris, à quatre pattes, s'efforçait de nettoyer les longs poils de laine quand un bruit de verre fracassé l'avait fait sursauter. Il avait bondi et retrouvé sa femme au milieu de la cuisine, immobile devant les débris de cristal répandus sur le carrelage moucheté.

Elle avait levé les yeux sur lui et tristement constaté : « Ce n'est pas mon jour. »

Il l'avait tendrement attirée dans ses bras et avait caressé ses cheveux.

« Ce n'est pas grave, mon amour. Tout se remplace. »

Elle avait tressailli et murmuré : « Non ! Pas tout !... »

Imprégné de la courte scène revécue, Chris s'accroupit et examina de près le tapis. Il le trouva terne, comme s'il avait baigné dans la cendre. Il se laissa tomber sur lui, effleuré d'espoir. Il sentait confusément qu'il y avait une suite à l'épisode du cendrier et il se concentra pour lui raccrocher un autre souvenir.

Mais une fois de plus, à trop vouloir percer les ténèbres, il outrepassa ses facultés et frôla l'hystérie.

Alors, d'un seul coup, par découragement puisque le souvenir le fuyait, il voulut soudain tout oublier ! Jusqu'au simple désir de se rappeler ! La transition fut brutale !

Abandonnant la lutte, il se releva pour se précipiter jusqu'au bar et s'emparer d'une bouteille, n'importe laquelle, dont il vida le contenu d'un trait !

Sonné par sa décision irrévocable de renoncer, par l'alcool ingurgité, il alla en titubant consulter le miroir une dernière fois, par pure provocation.

Le cerveau en ébullition, les insultes à la bouche, il éprouva le besoin de frapper le félon. Il jeta la main en avant et il sombra dans la démence.

Un éclair traversait la glace. Une lueur trop vive, qu'il voulut attraper d'un réflexe désespéré pour s'échapper de son tunnel si froid. Halluciné, il vit son bras disparaître derrière la surface brillante qui se mit à onduler, à se déformer.

Emma apparut, à travers des éclairs maintenant doux, sa silhouette en entier cette fois, silhouette réelle, tout en couleurs. Elle l'appelait d'un geste, muette et souriante, comme pour l'encourager à s'avancer davantage, à franchir le miroir, à la suivre dans la lumière.

Le charme fut rompu par un coup de tonnerre effroyable. Sous l'emprise de la vision, Chris avait lâché la bouteille qu'il tenait de l'autre main. Le fracas du verre brisé emplit ses oreilles. Une forte odeur d'alcool s'infiltra dans ses narines dilatées. Au bord du vertige, agrippé au lavabo, il se mit à vomir à grands hoquets avant de fixer d'un regard éperdu un morceau de verre acéré.

Sa souffrance devenait inutile, tout comme son impuissance à déchiffrer sa vie.

Il saisit l'éclat, en posa le bout aigu sur son poignet et appuya d'un geste maladroit. Il dut s'y reprendre à deux fois avant que sa peau ne cède. Une goutte de sang surgit de la chair, glissa sur la plaie et s'en échappa pour éclabousser les bris de verre. D'autres la rejoignirent pour en grossir le filet que Chris, hébété, regardait serpenter à travers les obstacles.

Il vint chercher de l'aide dans le miroir qu'il croyait toujours animé de son rêve, mais le reflet de sa propre folie le réveilla tout net.

Il recula vivement et se mit à trembler. Et soudain il s'effondra, comme après chaque crise, le corps douloureux.

Un épuisement excessif, toujours le même, venait

comme par magie stopper ses accès de démence... Mais il eut cette fois un regret... la folie lui semblait devenir la meilleure arme qui lui restait, puisqu'il n'avait pas le courage d'aller rejoindre Emma, mais qu'elle l'en rapprochait.

Et, tout compte fait, ne l'était-il pas déjà, fou ? Le mur blanc était revenu boucher son horizon et un mal de tête lui vrillait le crâne.

Il se traîna jusqu'à son lit, sur lequel il s'écroula comme un poids mort, conscient de devoir se laisser emporter dans la spirale du sommeil avant de relancer ses assauts.

10

Il se réveilla la bouche pâteuse et eut du mal à recouvrer son contrôle, tourmenté par sa lâcheté de la veille. Il regarda son poignet, surpris de n'y trouver qu'une légère entaille, dont la légèreté même témoignait de sa faiblesse.

Il se laissa aller à son dépit de n'être qu'un pauvre humain dépourvu de courage. Du moins allait-il continuer à souffrir.

Il savait que ces « décrochements » le servaient ; la patience lui venait, ainsi qu'une meilleure connaissance de ses forces. Il sentait aussi poindre en lui la ruse. Il allait vaincre ces maudits démons qui se jouaient de lui.

Il eut raison.

A travers le miroir, qu'il avait réapprivoisé, son regard fiévreux fixait le cliché d'une scène banale, qui semblait s'animer tout doucement jusqu'à trouver un rythme lent, comme pour l'obliger à se concentrer sur chaque détail qu'il aurait négligé. Il avait une vision démultipliée des faits, tandis que ses yeux élargis s'enfonçaient dans les heures d'hier.

Sans comprendre le moins du monde la signification de ce retour au-delà d'une date qu'il devinait essentielle, Chris en acceptait néanmoins les conséquences à défaut d'en expliquer les causes. Car une évidence s'imposait à lui : en partant de plus loin, il comprendrait mieux les derniers événements.

Dans un rembobinement douloureux, sa vie ou, plutôt, les dernières semaines de sa vie se mirent à défiler à toute allure en marche arrière, pour se caler brutalement sur les premières ombres d'un bonheur trop parfait… toujours ce 20 mars…

Des clichés lui échappaient et d'autres réintégraient sa mémoire, comme s'ils avaient été reconnus après un examen sévère.

Sa respiration saccadée le gênait, mais rien n'aurait pu le déloger de là, pas même la douleur aiguë qui n'allait pas manquer de venir lui percer le flanc. Associées à ses blessures, ces douleurs devenaient habituelles et il n'y attachait plus guère d'importance.

Il s'approcha encore pour toucher de son front la glace au froid mortel. Il s'appuya contre, jusqu'à l'embuer de son souffle oppressé.

Et des questions vinrent spontanément à ses lèvres. Comme ce jour-là. Depuis quand Emmanuelle avait-elle changé ? Depuis quand ses regards avaient-ils commencé à se dérober aux siens ?

Enfin, Chris réussissait à saisir un fil, mais en éveillant sa peur : Laure aurait-elle dit vrai ?

La jointure de ses doigts blanchit à trop serrer la

vasque. Il avait peur, mais la mémoire lui reviendrait à ce prix.

Tout recommençait. Il allait assister, en spectateur impuissant, à la rediffusion de son malheur. A travers une loupe. Avec une acuité terrible.

Il plongea dans ce qui avait été sa réalité. Il ne respira plus, étouffé par sa pensée qui se libérait de manière continue, précise, nette, enfin compréhensible.

... La voix claire, le ton sûr, Chris avait oublié ses soucis personnels afin de convaincre ses employeurs...

Comme la volute de fumée qui se faufile, téméraire et sans gêne, dans les recoins les plus secrets, la dernière pensée qui l'avait relié à Emma s'ancra dans son esprit tandis qu'il concluait son rapport.

Il voulut se reprendre mais la concentration le fuyait, libérant une autre pensée qui n'avait pas sa place en ces lieux, qui l'entraînait plus loin encore sur un terrain plus confidentiel.

De fil en aiguille, Chris remontait le temps, pour reconnaître que l'écoute entre Emma et lui se raréfiait. Faute de quoi ? Faute de discussions. Avant même de dénicher quelque raison plausible à cet état de fait, une certitude l'envahissait, contrariante, qu'il aurait voulu pouvoir balayer d'un geste, comme il le faisait pour tout désagrément jugé radicalement sans importance.

Un non-dit menaçait sa quiétude ; il le sentait aussi sûrement que les regards d'Emma devenaient fuyants, et ses conversations laconiques. Le dépourvu d'intuition qu'il se targuait d'être réalisait qu'il était muni d'antennes et s'en trouvait fâché, car il éprouvait de la crainte. Insidieuses comme la rumeur, des inquiétudes encore floues germaient çà et là au détour de ses réflexions, que le manque de compréhension transformait en questions.

Il secoua la tête. La seule explication à la soudaine réserve d'Emma ne pouvait provenir que de l'écroulement de son rêve ; formels, les résultats des dernières analyses avaient détruit tous ses espoirs de maternité. Une femme comme Emma ne pouvait que très mal réagir.

« Messieurs, nous avons terminé. » La voix du président ramena Chris à la réalité, jusqu'à ce qu'il se retrouve dans son propre bureau où il précisa à Sandra, sa secrétaire, qu'il souhaitait ne pas être dérangé.

Entre les murs silencieux, des choses revinrent polluer son esprit, auxquelles il n'avait jamais pensé. Non, ce n'était pas tout à fait vrai ; il y avait pensé, mais pas de cette façon... plutôt avec la légèreté caractéristique des hommes accaparés par des soucis jugés plus sérieux que des états d'âme par trop féminins.

Les idées se succédaient, s'accumulaient, pour mieux le dérouter. Elles s'imposaient à lui à un moment où rien, jamais, n'empiétait sur son travail. Très structuré, Chris ne mélangeait rien, mais aujourd'hui une part de son esprit reniait toute discipline. Ce fut cela même qui, finalement, le contraria le plus.

Ne donnait-il pas trop d'importance à ces

trublions, ces pensées qui ne demandaient qu'à vagabonder sous son crâne, comme si le simple fait de leur avoir accordé de l'intérêt leur cédait le droit de l'envahir tout entier ?

Il était troublé, sans être véritablement inquiet, mais il se sentait entraîné malgré lui à creuser plus avant, à trouver une explication rationnelle à ce qui dérangeait son esprit de manière inconvenante.

Rien n'y fit ; il ne se libérait pas d'un malaise étrange qui le détournait de ses devoirs. Fait une deuxième fois, ce constat accentua son humeur.

Presque à regret, il se détourna des documents qu'il devait rendre dans l'heure, et se leva pour aller à la fenêtre. Les mains croisées dans le dos, il ne vit rien du parc ombragé en contrebas, absorbé tout entier par le blond visage qui se superposait sur la vitre.

Il avait traduit l'entrée d'Emma dans son existence comme un processus normal dans une existence normale. Coïncidences, rencontres..., il s'arrangeait de tout cela en ne retenant que le meilleur, ce qu'il considérait comme bienvenu dans sa vie après en avoir reconnu l'importance d'un avis sûr...

La vision cessa d'un coup, le laissant désemparé. Il lui fallut se reprendre, apaiser son cœur emballé. Il avait trop peur de se retrouver au point zéro.

Tout doucement, comme s'il stabilisait son vertige au bord d'un précipice, et alors qu'il était partagé entre le besoin de dormir et celui de résister, le mur blanc s'effrita, lui laissant entrevoir des images sous forme de flashes.

Il fit semblant de céder à la torpeur, d'obéir – pour mieux le piéger – à ce démon qui entravait sa recherche de vérité.

Abandonnant le miroir, il vint s'allonger sur le canapé du salon. Il laissa son corps se ramollir comme s'il allait s'assoupir, cachant la vivacité de son esprit. Douleurs et craintes se calmèrent peu à peu pour le laisser plus vigilant qu'il ne l'avait été depuis longtemps.

Il reprit enfin le fil où il s'était rompu.

11

... Certes, Chris avait remarqué un changement dans le comportement d'Emma. Des sautes d'humeur étaient apparues, imprévisibles, des silences étranges qui succédaient à des accès de nervosité inhabituels... Mais depuis quand exactement ? Sa maladresse aussi l'avait étonné à plusieurs occasions.

Les pensées de Chris se fixèrent plus loin, sur les vacances de février passées en Savoie. Le ski, la neige n'avaient pas véritablement enthousiasmé Emma cette année.

Habituellement elle était la plus acharnée à chausser les planches dès l'ouverture des pistes, avant la cohue des vacanciers. Faisant fi des chutes de neige, ou d'un temps moyen, elle prenait un plaisir extrême à foncer sur les pentes, grisée par la vitesse, les cheveux dénoués flottant dans son sillage. Subjugué par cette vitalité, Chris ne se lassait pas d'admirer la fougue et la vivacité de sa jeune femme.

A midi un repos bien mérité la comblait d'aise. Elle

exposait son visage au soleil si le temps le permettait : petit animal en quête de chaleur. Et si le ciel cachait son astre, elle appréciait un vin chaud parfumé à la cannelle. Les mains serrées autour du verre fumant, à sentir la douce chaleur sucrée les réchauffer et les engourdir merveilleusement, ils souriaient à la vie.

Pourtant, cette fois-ci, une sorte de lasse indifférence avait accompagné les préparatifs. Les valises n'avaient été faites qu'à la toute dernière minute, chose surprenante de la part d'Emma dont la nature consciencieuse prêchait la méthode et non la précipitation confuse. L'oubli même de son livre en cours de lecture, pour lequel son intérêt n'était pas feint, confirmait un manque de motivation.

Comme s'il avait raté un élément important, Chris se sentait mal à l'aise, s'attardant pesamment sur le fait que ces vacances étaient d'ordinaire très attendues.

De plus Laure, la mère d'Emma, avait décidé pour la première fois de les rejoindre afin de partager leur intimité amoureuse et sportive. Les deux femmes s'adorant, Chris et Emma avaient applaudi à la bonne nouvelle. Mais Emma, prétextant son souci de s'occuper de sa mère, avait écourté son temps sur les pistes. Elle avait même oublié de provoquer Chris, comme elle aimait le faire, dans quelques descentes spectaculaires.

Chris continuait à fouiller dans les souvenirs de ses dernières vacances, n'extrayant que les moments incertains, presque étonné de leur accorder de l'importance aujourd'hui seulement.

Ils étaient sortis tous les trois ensemble deux fois d'affilée. Le premier soir, après le restaurant, la proposition de Laure de se replier dans une boîte de nuit n'avait pas obtenu l'effet escompté ; Emma s'était plainte de maux de tête. Le lendemain, elle s'était endormie au cinéma durant la projection d'un film comique.

Chris ne s'était pas spécialement inquiété puisqu'elle avait attribué son indisposition à un début d'angine. Mais il est vrai qu'une réflexion de sa belle-mère l'avait préoccupé. « Surveillez ma fille, lui avait conseillé Laure, je crois qu'elle a des soucis. »

Les jours avaient suivi. L'inquiétude de Chris s'était envolée face à l'attitude désinvolte de sa femme. Son goût soudain pour l'Histoire l'avait même fait sourire. Emma s'était plongée dans leur bibliothèque personnelle, puis avait acheté d'autres livres. Lorsqu'il rentrait, le soir, elle était déjà installée sur le tapis du salon, assise en tailleur, et les saluts qu'elle lui adressait reflétaient sa concentration.

Il lui avait accordé la tranquillité requise, regrettant seulement son indisponibilité. Mais Emma était ainsi faite, avec ses moments de tendresse et ses besoins de solitude, accaparée par telle ou telle chose. Chris avait toujours respecté sa liberté individuelle. Leurs quatre années de vie commune avaient peu à peu aplani leurs différences, mais ni l'un ni l'autre ne voulaient faire preuve d'ingérence, et tous deux s'interdisaient de chercher à façonner l'autre à sa mesure.

Voir Emma se passionner pour l'Histoire n'avait pas intrigué son époux plus que cela ; elle faisait partie de ces gens qui ne cessent jamais de s'occuper, bousculant en permanence leur horizon. Au contraire, d'une certaine manière, cela l'avait même rassuré. Jusqu'à la découverte des somnifères.

Négligent, Chris était souvent en quête de ses affaires. Un soir, après avoir cherché en vain une revue, il avait fini par tâter sous le lit. Surpris, il avait ramené un tube de sa cache et l'avait examiné en le faisant tourner entre ses doigts, attendant le retour d'Emma de la salle de bains.

« Qu'est-ce que c'est ? » Emma avait paru contrariée – il s'en souvenait parfaitement – avant de répondre presque naturellement :

« Ma classe est si difficile cette année... je t'ai parlé de ma nouvelle petite aveugle ? Je m'en occupe beaucoup et les autres sont jaloux, je dois m'investir davantage... Je suis un peu nerveuse et fatiguée... Luc m'a prescrit des calmants légers.

— Luc ? Tu es allée voir Luc ? »

L'étonnement de Chris s'était accru, déjà teinté de mécontentement. Emma avait évité son regard – il en était certain aussi aujourd'hui. Il la revoyait répondre, la tête baissée, et même feindre un bâillement avant de se glisser entre les draps.

« Je ne voulais pas t'inquiéter, je t'assure que tout va bien », avait-elle ajouté en fermant les yeux.

Surpris, Chris s'était retenu d'insister. Il ne comprenait pas qu'elle lui ait tu son entrevue avec Luc, leur ami commun.

Bien sûr, la classe de handicapés d'Emma était une

classe difficile ! Chris en entendait parler souvent : « Le petit Stéphan a réussi à mettre les yeux de sa poupée... Noémie ne se sert plus que d'une seule béquille... Je suis heureuse, Pascal a bien voulu me donner la main. »

Egoïstement pour elle et pour lui, Chris aurait souhaité un autre poste pour Emma, un poste dans une école d'enfants normaux, plus équilibrante. Certains cas sociaux parmi ses petits protégés étaient tellement complexes qu'ils en devenaient désespérants et puisaient une trop grande part de son énergie. Mais elle refusait de changer, avec un acharnement qu'il admirait en secret : « Ils se sont attachés à moi, et moi à eux. »

Chris espérait que les démarches faites pour une adoption allégeraient son investissement personnel à l'école. Ils étaient convenus d'adopter un petit garçon, ensuite une petite fille. Le dossier suivait son cours depuis quelques mois. Néanmoins, malgré le bonheur qu'Emma en avait retiré, elle ne parlait plus de leur projet.

Lorsque Chris avait abordé le sujet, dernièrement, elle avait répondu d'une manière évasive : « Nous avons le temps. Restons encore une année seuls tous les deux, ensuite nous nous consacrerons à un petit bout. Pour l'instant, je profite de mon gros bébé », avait-elle poursuivi, câline, en frottant son museau blond contre sa joue...

L'évocation était telle que Chris sentit le frôlement tiède d'une autre peau sur la sienne. Il jeta ses mains en avant pour saisir le corps de sa femme, et ne rencontra que le vide infernal, reflet de son manque total d'elle.

Il ferma les yeux pour conserver l'image éphémère et la douceur factice, sa douleur ravivée d'un seul coup de l'avoir perdue à jamais ; responsabilité et souffrance, intimement mêlées, emplirent son cœur d'un cocktail détonant.

Alors, pour écraser ce dégoût de lui-même qui l'assaillait de toutes parts, il força son esprit à revenir dans son bureau comme ce jour-là où, enfin, il avait cessé de vouloir tout relativiser comme toujours, conscient de s'enferrer dans une facilité dangereuse par goût du bonheur à tout prix.

... Quel était donc ce besoin impérieux de dénouer le fil ? Ce n'était pas son genre de ressasser les vieux souvenirs. Il n'était pas de ces hommes à la sensibilité exacerbée, au goût prononcé pour le tragique, à la tête ramollie par un sentimentalisme désuet... Mais qu'en savait-il exactement ? Tout avait trop bien marché pour lui jusque-là pour qu'il ait jamais ressenti le besoin d'arrêter sa course et d'y réfléchir.

A cause du silence qui entourait tous ces changements imperceptibles chez sa femme, malgré ses questions habiles et déguisées, il sentait, bien qu'il voulût s'en défendre, une sourde inquiétude s'installer en lui. Si le concret lui échappait, il devinait qu'il luttait contre plus fort et sournois qu'un surmenage. Avait-il déjà en lui la peur inavouée du drame ?

Attentif, il avait surveillé le comportement de sa femme, enregistré ses remarques, étudié son visage...

Une certaine tristesse émanant d'elle l'avait ému, mais il n'avait osé manifester son émotion, trop à l'écoute de cette confiance dont elle le privait.

A ce stade de ses réflexions, Chris sentit son cœur se gonfler d'amour et l'envie soudaine d'agir, quitte à entamer son capital délicatesse en poussant Emma dans ses retranchements.

A la seconde même, son bureau s'emplit de bruits suspects.

« Vous êtes souffrant, monsieur ? s'exclama Sandra sur le pas de la porte.

— Je rentre, tout simplement, répondit Chris en claquant le dernier tiroir. Ne vous inquiétez pas. »

L'ahurissement peint sur le visage de Sandra le fit sourire. Il n'était pas dans ses habitudes de quitter le bureau avant l'heure, bien au contraire...

12

En espérant de toutes ses forces une nouvelle apparition d'Emma, Chris réfléchissait à tous ces lambeaux de souvenirs qui venaient se juxtaposer les uns aux autres, pour combler petit à petit les vides de sa mémoire.

Ainsi, il avait pris le temps de s'interroger sur sa relation avec Emma, comme tout homme responsable. Ainsi, Emma avait changé, s'installant dans une sorte d'indifférence ou prenant un recul étudié. Ainsi, Laure disait vrai.

Chris acceptait l'idée d'avoir éprouvé de la crainte et aussi, sans en ressentir aujourd'hui les aiguillons, celle d'avoir glissé vers le terrain amer de la jalousie. Mais ses souvenirs étaient si vagues qu'il n'était pas très sûr de devoir accorder de l'importance à un tel adversaire. D'ailleurs, donner à sa relation amoureuse avec Emma un goût trop commun le dérangeait. Au fond de lui, n'avait-il pas la conviction absolue d'avoir vécu un bel amour ? Alors pourquoi ce sentiment s'insinuait-il à travers sa fièvre pour contaminer les mots de Laure : « Emma avait changé... Je ne sais pas si elle vous aimait... »

A force d'arracher des poussières d'indices du fond de leur oubli, Chris sentait le mur blanc continuer à se craqueler. Mais il sentait aussi la folie l'accueillir de ses grands bras terrifiants et il devait calmer l'ardeur de sa quête.

Assis par terre tout contre le radiateur éteint, il laissait son regard se perdre à travers la pénombre de la pièce, effleurant sans le voir le sac à main égaré sous une chaise.

Enfermé dans l'un de ses pulls, les bras serrés autour de lui pour s'emmitoufler du mieux possible, il croyait saisir les impressions de sa femme lorsqu'elle se pelotonnait ainsi dans ses propres vêtements. Il s'amusait toujours de la voir retourner les trop longues manches sur ses poignets et enfouir son visage dans l'échancrure du col. Le pull qu'il portait était celui qu'elle préférait lui emprunter pour « respirer ton odeur, te sentir quand tu n'es pas là ».

Il se la remémorait telle qu'elle avait vécu tout autour de lui, et lui arrivaient, par flots, une multitude de petits faits similaires, des habitudes devenues des rites. Un sourire amer étira ses lèvres, au souvenir des pieds menus toujours froids qu'elle appliquait en riant contre ses cuisses, le soir sous les draps ; les priorités dans la salle de bains, les batailles autour des brosses à dents, les rires entrecoupés d'éclaboussures.

Quand il remarqua la petite chose fragile, ignorée, presque rejetée, témoin douloureux d'un passé en miettes, un reflux de larmes l'étouffa. Les genoux ramenés sous le menton, il se laissa engloutir dans son éden dévasté.

Il mit du temps avant de ramper sur la moquette pour venir s'emparer de l'objet de cuir et le serrer contre son cœur avec une infinie tendresse. Quand il l'ouvrit, il s'était préparé à un regain de souffrance ; les papiers d'identité à la photo un peu floue, les objets trop féminins, la trousse de maquillage aux accessoires entassés pêle-mêle, le parfum suave dont il s'aspergea les paumes pour les respirer avidement, un mouchoir froissé, un étui noir qu'il ne connaissait pas, quelques bricoles encore, un carnet d'adresses qu'il feuilleta machinalement, une brosse à cheveux... Il resta longtemps sans vie, entouré d'objets morts.

Et puis ses doigts bougèrent enfin pour se poser sur l'étui oblong et l'ouvrir. Il regarda les lunettes sans comprendre. De forme allongée, féminines, elles ne lui rappelaient rien. Emma n'avait jamais eu de problèmes de vue. Immobile, concentré, il réfléchissait du mieux qu'il pouvait, sentant venir à lui l'inévitable mal de tête... Si cette monture appartenait à Emma, cela signifiait un achat récent... avant leur départ en vacances.

Son cœur cognait dans sa poitrine, il en ressentait les coups sourds comme autant de secondes tragiques égrenées dans un silence ultime. Il réalisa soudain que ses yeux s'attachaient à son poignet, sur lequel brillait doucement une gourmette en argent. Il ne se jeta pas tête baissée dans cette nouvelle ouverture. Au contraire, il se contraignit au calme, se laissant lentement intégrer dans une scène dont il avait été le principal témoin.

Ce bijou, qu'il n'avait pas spécialement remarqué à son bras jusque-là, lui apparaissait aussi comme neuf, et il laissait sans effort son esprit l'associer aux lunettes.

Se sentant intuitivement revenu à un instant clé de sa relation avec sa femme, il en retourna la plaque avec émotion et lenteur… « A Chris pour la vie ». Les mots gravés entraient en lui comme autant de caresses, tandis que ses larmes coulaient sans retenue. Ces objets appartenaient à ce laps de temps que sa mémoire avait évacué, cela ne faisait aucun doute.

Ce cadeau d'Emma pour lui – il l'était forcément – n'était-il pas la preuve irréfutable de son amour ? Une de ses pensées alla vers Laure, qu'il aurait voulu confondre sur-le-champ, mais un étrange sentiment lui serrait le cœur à l'évocation même de ce cadeau dont il devinait que la gravure avait, comme les mots concernant le tapis, une autre signification ; une signification qui lui échappait.

Il passa en revue les dates d'anniversaires et d'autres, de moindre importance, cherchant désespérément à trouver le prétexte qui avait motivé un tel présent.

Il fut vite à bout de questions, mais ses pensées s'orientèrent vers Luc. A cause des lunettes. L'ayant consulté pour les somnifères, Emma lui avait-elle aussi parlé de ses soucis de vue ?

13

Deux jours après avoir rendu visite à Laure, Chris sortit à nouveau, ressentant les mêmes impressions désagréables que la première fois. Il ne supportait pas de se souvenir de certains lieux aussi naturellement que de se lever le matin, alors qu'il luttait inlassablement pour se rappeler ses derniers faits et gestes.

— Vous auriez dû me prévenir, vous devrez patienter, l'informa Annie, l'assistante de Leroy. Il y a deux personnes avant vous.

L'attente ne calma pas ses angoisses, mais la proximité de son ami tempéra sa fièvre.

Pourtant, quand celui-ci le fit entrer dans son cabinet, ce fut sans un mot, l'œil dur. Cet accueil déconcerta Chris qui s'était attendu à plus de chaleur et de sollicitude.

Le médecin s'installa derrière son bureau et croisa les mains. Son regard sombre ne reflétait aucune sympathie. Ses traits donnaient à son visage un air revêche que Chris ne lui connaissait pas, hautain, mauvais.

— Qu'est-ce qui amène le héros ?

— ... Toutes mes questions inutiles..., fit Chris, désarçonné par l'âpreté des mots.

— Je connais ton amnésie, du moins ce que tu voudrais faire croire !

— ... Je ne comprends pas.

— Tiens donc !

— J'ai besoin de savoir...

— Que tu as tué Emmanuelle ? Oui ! je te l'affirme haut et fort ! s'exclama Luc en se dressant pour l'écraser de sa morgue.

— Quoi ?

Chris avait failli tomber de sa chaise et il restait assis, trop ébranlé pour riposter.

— Tu as assassiné ta femme !

— Tu es complètement fou ! souffla Chris, en manque d'air.

— Non !

— Mais j'étais avec elle dans la voiture !

— Tu as sauté avant ! le coupa Luc. Comment une telle chute t'aurait-elle épargné ? A te regarder, tu t'en es plutôt bien sorti. Ni fracture ni foulure, quelques égratignures au front, aux mains... sans doute aussi quelques petites contusions providentielles.

— Ton test est de très mauvais goût.

— Tu n'avais pas ta ceinture ! Tu as sauté au moment où ton véhicule s'envolait dans les airs et tu as fait croire à un accident ! Rien de plus simple.

— Tu es odieux !

— Ah oui ? J'ai pourtant là une preuve que tu sembles oublier.

Ce disant, Luc Leroy avait soulevé un sous-main de cuir et en avait extirpé un bristol de la taille d'une carte de visite.

— Ceci ne te rappelle rien ?

— ... Non.

— Ecrit et envoyé par toi-même. Je l'ai reçu le jour de la mort d'Emmanuelle.

— Je ne te crois pas ! Fais voir ! cria Chris en tentant de lui arracher le carton des mains.

Luc l'approcha sans le lâcher, et Chris put lire, tout en reconnaissant son écriture : « Je ne la supporte plus. C'est ce soir ou jamais. »

— ... Qu'est-ce que cela prouve ? murmura-t-il.

— Voici la preuve qui pourrait te conduire à l'ombre.

— ... Je ne vois pas..., laissa tomber Chris en plein bouleversement.

Puis, se reprenant brusquement, il se rua pardessus le bureau pour saisir Luc à la gorge, déclenchant la brûlure habituelle au côté. D'une poigne terrible, Luc le stoppa dans son élan. Un coup de poing l'atteignit au menton avant même qu'il ait retrouvé son équilibre. Chris roula au sol, sonné, ahuri. A terre, appuyé sur un coude, une main sur la mâchoire, il regarda Luc comme un condamné regarde son bourreau.

— Qu'est-ce que c'est que cette histoire de fous ? Luc, pas toi ! Pas toi, mon ami.

— Je ne suis plus ton ami ! Ça ne colle plus !

— Je ne crois pas un mot de ce que tu dis !

— Tu dois pourtant croire ceux-ci ! martela Luc en lui présentant de nouveau le bristol.

— C'est une interprétation... un cauchemar... une machination..., bredouilla Chris qui se redressa avec difficulté.

— Un assassinat !

— Quels auraient été mes mobiles ? balbutia Chris.

— Tu le sais aussi bien que moi, espèce de salaud ! Tu pleurniches aujourd'hui, tu joues le veuf éploré, alors que sa mort entrait dans tes projets !

— Quoi ?

— Je peux dénoncer le simulateur que tu es !

— Mais pourquoi l'aurais-je tuée ?

— Pour son héritage !

— Son héritage ?

— Prouve-moi le contraire !

— Arrête de jouer avec moi ! gémit Chris, la tête douloureuse entre ses mains. Qu'est-ce qui te fait croire que j'aie pu, une seconde, avoir eu l'idée de supprimer ma femme ? J'aimais Emma, tu es le mieux placé pour le savoir !

Il attendait, l'œil implorant, que Luc se reprenne, que Luc se confonde en excuses. Luc n'aimait-il pas en secret Emma ? N'était-il pas, comme Laure, comme lui-même, confronté à la folie engendrée par la douleur ?

Tout se mêlait dans sa tête. Il ne pouvait nier qu'il s'agissait de son écriture, mais il ne se souvenait pas d'avoir écrit de tels mots... d'autres, oui, mais pas ceux-là... dont le contexte lui échappait, là encore. D'autres, mais quels autres ? Et quelle était cette étrange attitude de Luc, identique à celle de Laure ?

Et cet héritage ! Quelle était donc cette démence qui les atteignait tous ?

Son mal de tête se faisait violent, et il sentait tout sang-froid le quitter pour l'amoindrir, l'affaiblir, le rendre coupable aux yeux de Luc, grandi devant lui, raide et sévère comme la justice.

Son regard éperdu fouilla le bureau, à la recherche d'un signe tangible qui le ferait basculer du cauchemar à la réalité.

Et tandis que ses yeux fixaient un cendrier de verre qui lui paraissait familier, il se leva pour s'en aller, fuir cet endroit devenu sordide...

... Le cendrier fautif à la main, Emma avait quitté le salon...

— Je n'ai rien à me reprocher, murmura-t-il, troublé par cette pensée fulgurante. Je n'ai jamais entendu parler de quelque héritage que ce soit, et ce carton, même si je ne me l'explique pas, ne peut justifier ce que tu crois. Je te trouve bien sûr de toi pour oser m'accabler d'une telle injure. Qu'attends-tu donc pour me dénoncer ?

— Je suis curieux de voir si tu vas te loger une balle dans la tête quand tu sauras que ton coup a foiré.

— Je ne comprends rien à ce que tu racontes.

— Je n'en crois rien !

La main sur la poignée de la porte, Chris regardait Luc intensément.

— Aurais-je déjà tenté de tuer Emma ?

— Tu vas nier avoir jamais eu l'idée de la pousser sous les roues d'un camion ?

— Oui ! Bien sûr que oui !

— C'est vrai qu'il est amnésique, notre assassin, se moqua Luc.

— Et de quel héritage parles-tu ?

— Fous le camp d'ici ! gronda Luc en faisant un geste menaçant.

— Je comptais sur toi pour...

— Sors d'ici ! Et ne t'attends à aucune aide de la part de nos amis. Je les ai tous avertis. Plus personne ne voudra voir l'assassin d'Emmanuelle !

— Bon Dieu ! Luc ! Reprends-toi ou dis-m'en plus !

— Dehors ! Tiens-toi loin de moi !

— Tu avais prescrit des somnifères à Emma.

— Je ne suis pas au courant.

— C'est elle-même qui m'a parlé de sa visite !

— Je n'ai plus rien à te dire !

14

Etouffé par la colère et l'incompréhension, Chris avait l'impression d'incarner le mauvais rôle dans le plus mauvais film qui soit. Son personnage lui échappait, les répliques sonnaient faux et le scénario ne correspondait à rien. Mais par-dessus tout, la volte-face de son ami l'atterrait, décuplait son malaise en donnant crédit à ses premiers doutes.

Il ne put que se précipiter chez sa belle-mère.

Celle-ci lui ayant refusé l'accès de sa demeure, il appuya sur tous les Interphone à la fois, jusqu'à ce que le système d'ouverture se mît à grésiller. Quelques secondes après, croyant avoir affaire à un voisin qui tapait à sa porte, Laure ouvrit sans méfiance. Chris eut le temps d'avancer son pied pour bloquer le panneau et le repousser en force.

— Gardez votre calme, nous avons à parler.

— Que je garde mon calme ? Vous avez tué ma fille et je dois garder mon calme ? l'agressa-t-elle d'une voix montante en le giflant.

Chris était pâle. Du coin de l'œil il vit les portes palières voisines s'entrouvrir sur des visages durs.

Il scruta Laure, son expression coléreuse, puis il l'écarta pour refermer la porte derrière lui.

— Que me reprochez-vous ? demanda-t-il.

— Elle savait ce qu'elle risquait avec vous !

— Que risquait-elle avec moi ?

Laure se rua sur lui.

— Elle avait peur de vous, ne le niez pas !

— Je le nie pourtant !

— Elle savait que vous attenteriez à ses jours !

— Vous allez me parler d'un camion ?

Elle luttait comme un diable pour se libérer, mais Chris tenait bon ses poignets et évitait ses coups de genou.

— Vous osez vous en vanter ! Dehors ! glapit-elle.

— Qu'attendez-vous pour me dénoncer à la police, Laure ? Si vous êtes convaincue que j'ai assassiné votre fille, qu'attendez-vous ?

Elle éclata d'un rire strident avant de lui jeter, la bouche dédaigneuse :

— Disparaissez !

— Vous ne me parlez pas de l'héritage ?

Il l'avait toisée, comme s'il avait pu par son attitude la soumettre au silence ou lui imposer sa réponse. Il la vit se ratatiner et ouvrir la bouche à plusieurs reprises avant de riposter.

— Vous étiez donc au courant ! fit-elle tout bas, soudain privée de forces. C'est pour cela que vous l'avez tuée ! Luc a raison !

Chris voulut la soutenir, mais un regain de nerfs la fit se redresser tel un serpent.

— Dehors, siffla-t-elle. Dehors !

Comme la première fois, les mines sévères des voisins l'accompagnèrent jusqu'à l'escalier, plantant dans son dos des regards mauvais qui le transperçaient.

Il se retrouva chez lui par enchantement, à tel point qu'il crut avoir rêvé ses deux affrontements.

Il douta de ses facultés. Les aberrations qu'il venait d'entendre – à deux reprises – n'étaient-elles pas issues de ces cauchemars qui le terrassaient après ses interminables et épuisantes introspections ?

Effondré, terrifié, trahi... Aucun mot n'aurait pu décrire son état mental. En pleine démoralisation, il baignait dans le délire.

Non ! Bien sûr que non ! Comment aurait-il pu avoir envisagé la suppression d'Emma ? Ce n'était qu'un accident ! Un dramatique accident qu'il maudirait jusqu'à sa propre mort !

Il se traîna dans la salle de bains et s'examina de près, cherchant des égratignures sur son front. Il n'en vit aucune. Le miroir lui retournait une image lisse aux joues hâves et amaigries, aux yeux inquiets et interrogateurs. Comme une liane, l'idée terrifiante s'enroulait autour de lui, répondant aux accusations de Laure et de Luc !

Il se sentit frémir ! Avait-il pu concevoir l'irréparable, un certain jour, une certaine seconde ? L'idée de tuer Emma lui avait-elle véritablement traversé l'esprit ? L'idée seulement ? La scène relatée par ses ennemis n'avait-elle pas failli être vraie ? D'un vigoureux effort cérébral, il réussit à brandir au-dessus de ses doutes la flamme de son amour.

Encore fragile, Chris n'était pas prêt à affronter de trop dures réalités.

Affalé dans un fauteuil, il partait à la dérive, grelottant de peur et de fièvre, les yeux accrochés aux photos qui prenaient vie autour de lui.

Quand il vit Emma sortir de l'une d'elles et s'approcher, dans un élan pieux il bénit le ciel de la libérer un instant pour lui, un instant qu'il nommait miracle. Il la vit se pencher au-dessus de lui et planer, évanescente comme la brume sur les landes. Ce n'était pas la première fois qu'il sentait une ombre évoluer à ses côtés, mais celle-ci avait les traits d'Emma et lui souriait.

Ses lèvres s'étirèrent doucement, tandis que ses yeux se fermaient pour capturer l'image de l'ange.

... La douceur d'Emma était un atout merveilleux, qui tempérait l'énergie de Chris sans la contrer. Mais il ne fallait pas s'y fier, elle cachait une volonté réelle. Emma atteignait ses buts élégamment, sans rien imposer, du moins sans le montrer, avec cette séduction innée qu'ont certaines femmes. Cette douceur n'était ni mièvre ni forcée ; elle était un paravent opaque dont le jeune homme perçait chaque jour les mystères...

... Cette approche d'elle, il l'avait commencée cinq années plus tôt, tout de suite conscient qu'elle allait changer sa vie, imposer le rythme de leur relation...

Il se souvenait de cette envie déterminée de l'avoir à lui, pour lui. Comme le collectionneur qui reconnaît d'un coup d'œil averti et perspicace la pièce rare, il avait ressenti la palpitation particulière qui ouvre le cœur à l'émotion.

Il avait aimé cela ; l'inclure dans son cadre quotidien pour partager ses jours, empli d'un inépuisable désir d'amour.

En quittant son monde, Emma avait emporté tous ses élans, toutes ses envies. Plus rien n'avait d'importance ni d'intérêt. Il ne restait de lui qu'une coque vide, que plus rien ne saurait remplir, sauf un souffle qui germait en lui, embryon de la haine, exacerbée par celle de Laure et de Luc.

La sensation de solitude le prit à bras-le-corps, le rendant petite chose inutile, volée de ses derniers bonheurs par deux anciens amis. L'imposture criait vengeance.

Cette dernière pensée se perdit dans un accès de désespoir. Il laissa aller sa tête en arrière, et des larmes roulèrent le long de ses joues grises.

Tout d'un coup, il se raidit, en attente, le cœur affolé. Il n'osa plus bouger ni respirer, jetant comme un filet son mental en avant pour retenir des impressions de plus en plus nettes.

Il se revoyait assis au même endroit et il pleurait ainsi, quand il avait senti de chauds baisers sur ses lèvres humides. Les lèvres qui écrasaient les siennes avaient un goût de larmes. Leur sel s'était mêlé au sien.

Et tout aussi brutalement la scène bascula. Il roulait à terre avec Emma, tandis qu'elle hurlait et le frappait sauvagement de ses poings serrés. Mon Dieu... que lui avait-il fait ?

Il se mit à sangloter, priant d'impuissants dieux d'arrêter sa chute infernale dans ce puits sans fond.

A grand renfort de volonté, pour ne pas se laisser écraser par sa faiblesse, ses pensées dévièrent sur le bristol accusateur. Oui, il avait écrit. Il se souvenait... il se revoyait écrire le soir, seul, d'une façon quasiment méthodique et régulière. Et pourtant, l'écriture n'était pas son fort. Ecrivait-il quelque chose qui aurait un lien avec leur vie, à Emma et lui ? Où étaient ces feuillets qu'il imaginait avoir noircis ?

Trop de questions eurent raison de lui. La tête au bord de l'explosion, il s'endormit, pelotonné comme un chiot entre les bras du fauteuil.

15

Tout d'abord prisonnier d'un kaléidoscope aux images de sa vie fragmentée, il réussit à s'échapper du cylindre pour se retrouver planant comme un seigneur des airs au-dessus d'un nouveau monde fleuri, bien au-delà de la ville, bien au-delà de sa souffrance.

En quête des bonheurs oubliés, un immense bien-être s'installait en lui, qui l'allégeait de ses péchés.

Avec une acuité formidable, son œil scrutait les rivages inconnus, à la recherche de son amour enfui.

Lorsqu'il la vit enfin, si belle, plus belle encore que dans ses souvenirs, un brutal désir s'empara de lui et son vol l'amena jusqu'à elle. Leurs deux corps fusionnèrent à l'instant même où ils se rejoignirent. Il se rêva en train de faire l'amour d'une manière si intense qu'il se réveilla en sursaut, saisi par la réalité des corps.

Il l'avait si bien imaginée qu'il avait senti les formes douces et souples sous ses doigts et il dut se jeter hors des coussins pour abréger son tourment. Haletant, il se réfugia dans la salle de bains, où toujours le ramenait cette espèce d'instinct primaire, et il vit, les yeux exorbités, la scène lentement se répéter à l'infini du corps d'Emma s'animant sur le sien.

Convaincu de ne plus résister longtemps à la folie, il regardait les corps enlacés, unis par la magie de l'amour. A les voir s'aimer ainsi, rien ne laissait place au soupçon. Lequel des deux avait feint le bonheur ?

Chris avait beau fouiller, chercher au fond de sa nuit le plus petit écueil, la plus petite anicroche entre elle et lui, rien n'y faisait, il ne voyait dans la glace complice que de l'amour, qu'un merveilleux amour.

Il fixait la scène interminable de douceur et de volupté, et la sensation terrible l'envahissait d'y voir un message qu'il ne comprenait pas malgré l'ardeur qu'il mettait à le traduire.

Il résista à la panique et au besoin de forcer sa compréhension jusqu'à l'anéantissement, comme il le faisait maladroitement au début. Face au miroir, maintenant, ses idées arrivaient à se décliner sans un semblant d'ordre, de cohérence. A lui de décoder les signes, sans précipitation.

Il cala son dos contre le mur froid et ferma les paupières pour mieux attendre le résultat de sa patience. Alors le sentiment se précisa jusqu'à la certitude, et il se souvint, le cœur toujours doucement emballé.

Il se rappela Emma, inhabituelle dans une initiative magnifique. Superbement, sa femme lui avait fait don de son corps, comme l'on se donne avant de partir… ou de mourir.

... Nous avons fait l'amour d'une façon nouvelle, étonnante, extraordinaire. J'ai découvert une autre femme, déterminée et farouche à la fois, et puis douce... à l'affût de mes soupirs...

Chris se surprit à réciter ces mots à voix basse, qui jaillissaient de lui sans retenue, pendant que, venue de nulle part, une douce musique enrichissait cet instant fabuleux.

S'ils ne s'étaient pas aimés, se seraient-ils donnés l'un à l'autre de cette façon ?

Luc se trompait !

Chris revoyait dans les pupilles élargies d'Emma l'expression de l'immense, de l'éternel, de l'unique partage de la chair. Il sentait la tiédeur du corps fin épouser le sien pour se fondre loin, toujours plus loin dans l'osmose.

Laure et Luc se trompaient !

La vision perdurait, Chris savait qu'il touchait du concret. La scène lui semblait plus qu'un simple rêve. Il s'accrochait à cette sensation, craignant de la voir disparaître au plus petit soupir ou mouvement.

Il rouvrit les yeux pour revenir puiser sa force dans l'éclat du regard amoureux d'Emma. Mais une nouvelle scène avait supplanté l'autre dans le miroir !

Dans le silence terrifiant de l'espace confiné, les yeux démesurément ouverts, encore sous le choc des belles images, Chris se vit de dos dans le sillage d'Emma.

La jeune femme le précédait sur un trottoir et s'apprêtait à traverser la rue quand un camion déboucha à vive allure d'un virage proche. Elle eut un réflexe d'animal piégé et se retourna brutalement pour lui faire face, le regard pétrifié de terreur, prête à se défendre contre le geste meurtrier qui l'aurait précipitée sous les énormes roues.

Tandis qu'un froid glacial le paralysait, le ventre de Chris devint douleur. Son désir le quittait violemment, terrassé par une vérité morbide.

Il vacilla. Etait-il un monstre ?

Il succombait à la folie. Qui d'autre qu'un fou pouvait avoir la faculté de découvrir son passé dans un miroir ?

Noyé dans un délire total, il voulut se reprendre, s'arracher de cette glu malfaisante qui le jetait tantôt dans l'extase, tantôt dans l'horreur, comme un vulgaire paquet.

« Tout se paie », disait Emma. Avait-il survécu à l'accident pour expier ?

Accablé par la succession d'émotions, Chris avait la sensation de se mouvoir à travers un labyrinthe semé d'embûches, vers une conclusion redoutable autant que redoutée.

Il se sentait comme un dessin gommé, une partition inachevée, perdu dans les dédales d'un monde parallèle, assailli de douleurs diffuses.

16

Il savait qu'il s'était égaré aux frontières de l'absurde, perdant tout contrôle de lui-même. Mais la tempête en lui s'était apaisée, les douleurs avaient décliné, la mécanique de son cerveau s'était remise à tourner rond.

Laure et Luc avaient jeté le masque. S'il ne comprenait pas leur haine, Chris avait le moyen de tester une autre affection.

Même s'il n'avait pas revu Sophie depuis l'accident, il ne pouvait douter de l'affliction de la jeune femme, meilleure amie de la sienne.

Il se prépara à la rencontre, décidé à n'accorder aucune valeur aux pitoyables menaces de Luc.

Il se retrouva dans un immeuble récent, le doigt appuyé sur une sonnette, anticipant un accueil chaleureux. Lorsque la porte s'ouvrit, il espérait.

— Mon Dieu ! Chris ! Rentre, rentre vite ! s'exclama Sophie.

Le soupir de Chris échappa à la jeune femme qui le poussa devant elle.

— Assieds-toi et raconte-moi tout, lui dit-elle gentiment en lui prenant la main.

Première sollicitude depuis son retour à la vie, les yeux embués de larmes de Sophie firent chaud au cœur de Chris.

— La mort d'Emmanuelle nous a beaucoup peinés, Charles et moi, nous n'arrêtons pas de penser à toi. Nous t'avons appelé à plusieurs reprises mais tu as débranché ton téléphone, n'est-ce pas ? Nous allions venir te rendre visite, il ne faut pas te renfermer sur toi-même, Chris, tu as tes amis...

— Avez-vous vu Luc ? Vous a-t-il appelés ?

— Non, pas ces jours-ci. Et toi ?

— Non plus.

— Je l'ai trouvé bizarre, ces derniers temps... comme Emmanuelle d'ailleurs. Nous en avions parlé, fit-elle devant l'étonnement de Chris, souviens-toi, peu de temps avant... la tragédie.

— Emma avait changé, oui... je crois, mais je ne vois pas le rapport avec Luc.

Sophie s'était levée et s'était mise à arpenter la pièce en frottant ses mains l'une contre l'autre. Chris sondait ses traits. Il la sentait gênée, et cette gêne même engendrait la sienne, inexplicable mais pourtant là, précurseur d'un délire imminent.

— Je suis venu pour parler de cela justement... Emma avait peut-être changé, mais je ne m'explique pas les raisons de ce changement comme je ne comprends pas des tas de choses. J'ai des trous de mémoire depuis l'accident, des absences, des vides qui vont me faire devenir fou si personne ne m'aide à les combler.

— Pauvre Chris, murmura Sophie.

— Est-ce que l'on s'aimait ? implora Chris.

— ... ?

— Je t'en prie, tu dois forcément savoir.

Sophie vint se rasseoir à ses côtés et garda un silence qu'il n'osa troubler par d'autres questions, le cœur déjà brisé.

— Après tout, elle n'est plus là pour décider de ce que je dois dire ou faire, dit-elle d'un drôle d'air... Tu ne sais d'elle que ce qu'elle a bien voulu te faire croire.

— Pardon ?

— Emmanuelle n'était pas celle que tu croyais.

— Tu plaisantes ?

— Pas le moins du monde.

— C'est son amie qui parle ?

Sophie haussa les épaules. Chris sentait le froid de son cœur se diffuser dans son corps.

— Amie ? Disons plutôt qu'elle m'amusait. Vous m'amusiez tous les deux.

Choqué, Chris assistait à la métamorphose de Sophie. Il voyait quelqu'un d'autre, qui n'avait plus rien de commun avec le personnage qu'il connaissait, complice et fidèle à Emma. Le sourire devenait jubilation sur les lèvres aux coins affaissés.

— Je ne vois pas où tu veux en venir.

— Ça ne m'étonne pas. Tu n'as jamais rien vu venir avec elle non plus.

— Qu'est-ce que tu sous-entends ?

Elle fit une grimace en se rongeant un ongle. Il détesta son vernis trop sombre.

— Tu ne t'es jamais rendu compte de quoi que ce soit ? reprit-elle en le regardant d'un air trop condescendant.

— Par exemple ?

— Tu me mets dans l'embarras... Si elle était encore de ce monde...

— Elle ne l'est plus ! dit sèchement Chris en se levant. Arrête ta comédie. Tu peux libérer ta conscience en me faisant retrouver la mienne !

— Ne sois pas méchant.

— Je te sais perspicace et futée. Vas-y franchement.

— Emmanuelle m'a avoué mener une double vie.

— Une liaison ? dit-il en interprétant sa moue.

Elle hocha la tête, la mine satisfaite.

— Oui, même plus que cela, je crois.

Il trouvait maintenant Sophie aussi laide que ses propos. Il se retint de la gifler.

— Qui ?

— Espèce d'ahuri, cela aurait dû te crever les yeux.

— Qui ?

— Tu es trop nul, réfléchis donc.

— Luc ?

Ce nom lui était venu spontanément aux lèvres.

— Tu savais bien qu'ils étaient ensemble avant que tu rappliques dans leur vie, non ?

— C'est Luc qui s'était fait des idées !

— C'est toi qui t'en faisais, mon vieux !

— Explique-toi !

— Expliquer quoi ? Que tu avais des œillères ? Elle te mentait sans arrêt, organisait votre vie comme elle l'entendait. Souviens-toi de notre invitation pour la crémaillère… T'en avait-elle parlé ? Non ! Parce qu'elle avait concocté autre chose ce jour-là ! Sans toi, bien évidemment !

Chris aurait voulu conserver son aplomb devant la perfide qu'il découvrait mais l'incompréhension l'attaquait de front, l'aspirait à une vitesse vertigineuse dans les couloirs du temps.

… Cette approche d'Emma, il l'avait commencée cinq années plus tôt, tout de suite conscient qu'elle allait imposer le rythme de leur relation.

Ses pensées filèrent vers Luc, un vieil ami lycéen qui faisait médecine. Chris l'avait reconnu sur un court de tennis et s'était élancé, heureux, peu soucieux de perturber le match qu'il avait engagé avec un autre. La joie de Luc avait été identique à la sienne ; il avait cédé sa place à un autre joueur et abandonné son adversaire, pour se hâter de recréer le contact rompu depuis des années.

L'heure avait passé vite à redécouvrir leur amitié. « Qu'as-tu de prévu, ce soir ? avait demandé Luc en le quittant. Je sors avec une bande d'amis, tu seras le bienvenu. »

Ils s'étaient donc revus le soir même, et Luc lui avait présenté une jeune femme aux longs cheveux clairs, dont les yeux l'avaient sondé jusqu'à l'âme : « Emmanuelle, une amie. »

Son coup de foudre aurait pu ne durer que le temps d'un soir, le temps de mesurer toute la retenue de l'étrangère, avant de glisser vers d'autres regards accrochés sur lui. Mais il fut d'emblée sous le charme des yeux limpides et des manières douces. Sans remarquer les regards lourds de Luc posés sur eux, il avait accaparé sa nouvelle amie toute la soirée, déjà conscient que leurs brefs silences étaient de qualité.

Plus tard, Emma lui avait avoué l'avoir craint, homme trop sûr de lui, au physique avantageux. Grand, élancé, Chris s'était taillé un corps d'athlète en pratiquant du sport dès son enfance. De ses qualités de sprinter il avait conservé une allure souple et régulière, un mental d'acier, une concentration facile. Chris était de ces individus à la beauté évidente. Et les années qui passaient renforçaient un charme réel en conservant le contraste marqué de ses cheveux noirs avec ses yeux changeants ; tantôt bleus, tantôt gris, ils avaient la couleur de l'eau des glaciers.

Emma avait laissé aller les choses sans les brusquer pour mieux les contrôler, et Luc, en véritable ami, avait un peu attendu avant d'avouer à Chris son penchant pour elle. « Tu es arrivé trop tôt, mais sans doute cela m'a-t-il évité une déconvenue. » Une poignée de main avait scellé l'amitié des deux hommes…

La sueur coulait sur le visage de Chris, sans qu'il songeât à l'essuyer. Son expression sauvage fit peur à Sophie, qui recula.

— Ce n'est rien ! Continue !

— Tu es sûr que ça va ?

— Oui.

— Tu l'avais suivie un jour. Ce qu'on a ri de toi, quand elle m'a raconté ta tête.

— ... Je l'avais suivie ?

— Jusque dans un immeuble.

— ... Quel immeuble... ?

— Cours Saint-André, un soir à 17 heures. Tu ne traînes pas dans les rues généralement à cette heure. Elle s'amusait de te rendre jaloux et tu le supportais mal.

— ... A quoi jouait-elle ?

— Emmanuelle a toujours été imprévisible, rêveuse, menteuse. Elle aimait plaire et ne s'en privait pas. Il faut dire que tu ne penses qu'à ton travail.

— Qui voyait-elle dans cet immeuble ?

Elle haussa les épaules, une lueur moqueuse dans les yeux.

— T'avait-elle parlé d'un héritage ? fit-il abruptement.

— Non. Qu'est-ce que c'est que cette nouveauté ?

L'étonnement de Sophie surprit Chris lui-même. Il aurait pensé... Il se dirigea vers la porte.

— Reviens nous voir.

Il ne répondit pas.

Cette troisième porte, refermée par Sophie, mit un terme définitif à des années de bonheur et d'insouciance.

Les principaux personnages de la vie de Chris dégringolaient de leur piédestal comme les pièces d'un château de cartes. Toutes ses références affectives volaient en éclats, pour le laisser seul, pion oublié sur un échiquier noir.

Le poison distillé commençait à faire son œuvre ; comme un début de source, sa haine commençait à sourdre en lui.

17

Le bras de Chris retomba le long de son corps et sa tête fit un signe d'excuse. Le chauffeur de taxi haussa les épaules et passa la première, maudissant les clients indécis.

Chris partit à pied vers le cours Saint-André, pas très loin de chez Sophie. Il connaissait la rue, proche de l'école d'Emma.

S'il avait jusque-là à moitié cru Sophie, la déferlante qui le submergeait lui signifiait que la jeune femme n'avait pas menti.

Ses yeux partaient en tous sens pendant qu'il disséquait ses émotions, quand il reconnut l'immeuble. Il ne put faire un pas de plus. Visionnaire soudain, pétrifié au milieu du trottoir, il basculait dans une autre scène, insensible à la bousculade d'un passant surpris.

... Fidèle à son désir de découvrir le mal-être d'Emma, Chris décida d'aller l'attendre à la sortie de son travail, se hâtant pour être à l'heure.

Pourquoi retint-il son appel quand il la vit, à quelques mètres devant lui, sortir de l'impasse de son école ? Le cœur battant, il ne sut expliquer cette impulsion, dont il ressentit toute la vilenie tandis qu'il lui emboîtait le pas dans une avenue. D'avoir hésité à l'aborder l'embarrassait maintenant. Si elle se retournait, croirait-elle à un jeu ou se sentirait-elle épiée ?

Au moment où il allait stopper sa filature et regagner sa voiture, garée quelques rues plus loin, Emma s'engagea dans un immeuble. Etonné, il hésita, fit demi-tour, revint pourtant.

Devant le perron aux marches lisses, il se décida à entrer pour examiner le hall. Son œil parcourut les boîtes aux lettres, scrutant les divers noms des habitants de l'immeuble. Il n'avait pas encore achevé sa lecture quand des pas se firent entendre au-dessus de sa tête ; une course sur les marches de pierre, une course féminine. Sans réfléchir, il recula sous la cage d'escalier, par chance ajourée. Les pas se rapprochèrent, la femme atteignit le hall et se précipita au-dehors. Avant que la porte ne se fût refermée, Chris, sans plus se soucier de se faire voir d'Emma, s'il s'agissait bien d'elle, se lança à sa suite. Il reconnut sa femme qui traversait la rue au milieu du trafic en direction d'un arrêt de bus.

Pour la deuxième fois, Chris contint un appel, conscient de jouer un vilain rôle. Emma allait rentrer chez eux en bus, comme d'habitude.

Il n'éprouva plus l'envie de la rejoindre, mais bien celle de revenir dans ce hall pour finir l'inspection des boîtes aux lettres.

Aucun nom n'attira son attention, sauf peut-être celui d'une diseuse de bonne aventure établie au quatrième étage. Il tenta de se souvenir des pas dans l'escalier ; étaient-ils partis d'aussi haut ? Il relut l'activité gravée sur le cuivre : « Voyance-Astrologie-Tarot »...

La vision cessa, le laissant chancelant, comme à chaque fois. Quand il se fut repris, il pénétra dans l'immeuble. Il examina les noms, ainsi qu'il l'avait fait ce jour-là, et s'arrêta devant la même plaque cuivrée.

Si Chris traitait de charlatans tous les gens de cette profession, les accusant de profiter des faiblesses humaines, il ne s'expliquait pas la volonté de sa femme de consulter à cet endroit. Il n'avait retenu, de ce qu'il savait sur la fréquentation de ces faux médecins, que l'éternelle question de la femme désireuse de savoir si un mari la trompe et pour combien de temps. Il ne poussa pas plus loin sa réflexion, ne supposant pas un instant qu'Emma faisait partie de ces malheureuses en mal de réponses sur un avenir flou.

Il n'eut plus qu'une seule envie, retrouver sa retraite et n'en plus sortir, se jeter dans un sommeil sans fin.

Alors qu'il se dirigeait vers une station de taxis, cela le reprit, bouleversant à nouveau ses sens. Il ralentit sa marche — il passait devant une cabine téléphonique et quelque chose le retenait... une réminiscence s'annonçait... — il attendit, anxieux comme à chaque éclosion d'images... Il revit un homme entre deux âges se précipiter vers la boîte de verre, et une image s'incrusta dans son cerveau, celle d'une bousculade ; lui contre un vieux monsieur qu'il avait devancé sans vergogne.

Un peu plus tard, démoralisé, Chris s'installa face aux murs tapissés des photos d'Emma et resta longuement à essayer d'admettre ses désillusions.

Sophie avait-elle raison ? Tous, avaient-ils raison ? Les accusations de ses faux amis faisaient de lui le plus vil des hommes. Il se sentait terrassé par un ennemi invisible dont le but serait de le rendre fou, et rien ne lui apportait le moindre indice pour sauver son âme.

Son pauvre esprit ne résistait pas à la torture qu'il lui infligeait. Ses lancinantes interrogations sur une potentielle jalousie prenaient le pas sur la version absurde d'un héritage.

Il avança les mains pour caresser les surfaces brillantes et supplia :

— Aurais-je péché pour l'une de ces terribles raisons ? Par intérêt ou par jalousie, le mal serait le même. Aurais-je été capable d'un tel geste ? Dis-le-moi, mon amour.

... Il ne pouvait nier que ses pensées, peu à peu, l'avaient entraîné sur un terrain nouveau, qu'il connaissait mal et redoutait de nommer, convaincu d'être, de nature, détaché de toute forme de jalousie. Et pourtant... Ne se surprenait-il pas à avoir des doutes sur les sentiments de sa femme ? Il lui arrivait de comparer la période d'avant à celle d'aujourd'hui... Emma ne partait-elle pas se coucher avant lui tous les soirs, prétextant des migraines ?

Cependant, il se souvenait comme elle aimait se blottir dans ses bras avant de s'abandonner au sommeil... comme elle aimait à jouer l'enfant et à se faire cajoler.

Trop souvent maintenant, elle dormait quand il la rejoignait, ou feignait de dormir.

Curieusement, plus ces questions le bousculaient, plus Chris s'enfonçait dans un malaise inexplicable qui chassait son naturel confiant. Il n'avait pas l'habitude des conflits de couple, il n'aimait pas la tournure que prenaient ses tête-à-tête avec Emma, ponctués de silences trompeurs, de même qu'il ne comprenait pas sa propre attente...

18

Prudent, Chris avançait avec précaution à travers ses pensées fragiles. Pour ne pas les effaroucher et mieux les canaliser, il se contraignait au calme, réussissant parfois à se glisser dans une faille et à tirer la ficelle d'une idée voisine. Il parvenait ainsi à sauter d'une situation à une autre, assemblées dans une même logique.

Ce jour, ce fameux jour où son départ précipité avait surpris sa secrétaire Sandra… ce jour où il arriva tôt à l'appartement, pour enfin mieux se rendre compte de tous ces changements.

… Il n'eut pas les gestes habituels qui consistaient à vivement ôter chemise et cravate pour passer d'autres vêtements, de détente. Son coup d'œil circulaire réalisa l'ordonnancement des lieux. Le rangement, soigné sans être strict, faisait du salon une pièce à vivre chaleureuse, agrémentée d'une décoration à l'ancienne, douce et gaie par ses couleurs et ses dentelles. Chris se surprit à passer d'une pièce à l'autre, comme si cette inspection pouvait accréditer ses craintes en notifiant des perturbations majeures même au sein de son logement. Mais les murs conservaient leurs secrets.

Il ôtait son pardessus quand le téléphone sonna. Il reconnut la voix de Luc, décelant aussitôt une gêne dans les propos de son ami.

« Ah ! C'est toi, Chris ? Euh... je pensais tomber sur Emmanuelle... Tu as déjà terminé ta journée ?

— Exceptionnellement, oui. Il est encore tôt, Emma n'est pas rentrée... Tu as un message particulier ?

— Non, non. Finalement rien de très important. Mon vieux, tu m'excuses, je te laisse, ma salle est comble ! A un de ces jours ? »

Perplexe, Chris raccrocha lentement, mais ne put se résoudre à lâcher le combiné. Quel mystérieux frein l'avait empêché de parler des médicaments prescrits ? La main toujours sur l'appareil, il réfléchissait quand une volonté, incontrôlable, lui fit composer le numéro de Luc. Pour entendre le message suivant : « Bonjour, vous êtes chez le docteur Leroy, vous êtes branché sur un répondeur... » Luc n'était pas à son cabinet ! Il avait menti en parlant de ses patients !

Sous le coup d'une forte émotion et toujours à son corps défendant, Chris fit alors un autre numéro. A l'autre bout du fil, une voix surprise répondit : « Emmanuelle n'est pas là. »

De plus en plus nerveux, Chris alla s'asseoir dans le canapé du salon et tenta de se détendre. La colère l'investissait, brutale, impérieuse. Son cerveau perdait de sa lucidité pour ne lui inspirer que de misérables réflexions.

Trahison ? Intrigue ? Le doute se précisa : Luc ?

Non ! Il rejeta immédiatement cette idée. Emma l'aimait ! Il en était convaincu, il voulait encore s'en convaincre !

Mais ces derniers temps… Comment expliquer ce qui, peu à peu, se dégradait pour empoisonner leur complicité ? Même s'il prenait un ton rieur en lui disant « Vous, madame, de deux choses l'une ! Ou vous me faites des cachotteries, ou vous ne m'aimez plus », elle s'en tirait d'une pirouette : « C'est vrai, mais c'est faux ! »

A 18 h 15, la clé tourna dans la serrure. Le visage d'Emma se crispa lorsque Chris surgit pour la capturer joyeusement.

« Surprise de voir son petit mari si tôt ?

— Tu es complètement fou de me faire une telle peur !

— Fou de toi, oui ! Tu as l'air épuisée. Fatigante, ta journée à l'école ? »

Volontairement, il n'avait pas précisé « ton après-midi ». Volontairement aussi, il n'avait pas parlé de son coup de téléphone à l'école.

Lui laissant une chance… ou le temps de trouver la réponse qu'il priait d'entendre, il se dirigea le cœur battant vers le bar, feignant une indifférence qu'il était loin de ressentir.

La réponse tarda. Il sentit l'hésitation de sa femme tandis qu'un étau lui enserrait la poitrine.

« Comme d'habitude », répliqua-t-elle.

Les yeux baissés, elle n'imagina pas un instant que

Chris ne la croyait pas. Chris qui décidait de se taire encore, trop respectueux de leur amour pour en déchirer le premier les contours. Un Chris qui s'efforça d'être gai pendant le repas du soir, qui avait du chagrin car un signal secret, venu de sa peur de la perdre, le prévenait d'un obscur danger.

Il aborda – le soir même et par hasard – le problème de l'indifférence au sein du couple, prenant comme exemple banal celui de leurs voisins de palier. Un couple comme tant d'autres, pas vraiment bien assorti, ni mal d'ailleurs, mais sans autre conversation que les mots quotidiens, et laissant l'ennui gérer ses instants communs.

A son grand soulagement, Emma donna un avis concordant avec le sien. Mieux même : alertée par cette mystérieuse fibre féminine, elle vint se blottir contre lui. « Nous ne nous laisserons jamais envahir par cet ennemi-là, dit-elle doucement, nous nous aimons, Chris. »

Sa voix avait un peu tremblé, accentuant le trouble de son époux. D'un doigt volontaire sous le menton, il l'obligea à le regarder. Un sourire adoucissant l'éclat inquiet de ses yeux, il lui dit d'un ton engageant : « Pourtant, il me semble que nos relations changent. Que deviennent nos beaux dialogues et nos belles théories ? »

Elle se dégagea lentement.

« Avant, tu me faisais part du moindre de tes soucis, insista-t-il du même ton. Aujourd'hui j'ai l'impression que tu ne trouves plus d'intérêt à connaître mon avis, ou seulement à me tenir au courant... de certaines choses... »

Il avait cherché ses mots, soucieux de la ménager.

« Prends-tu toujours ces comprimés prescrits par Luc ? Tu me sembles fatiguée... »

Silencieuse, la tête à nouveau baissée, elle entrouvrit la bouche, mais la referma comme si parler lui demandait un effort trop grand. Et soudain elle sourit, chassant d'un seul coup les larmes qui commençaient à flotter dans ses yeux. Elle se rapprocha de lui, saisit ses mains et planta son regard brillant dans le sien.

« Tu as raison, dit-elle tendrement, et je m'en veux de te paraître indifférente en ce moment. C'est la fatigue, je pense. Je t'aime, Chris, tu t'en souviendras toujours, toujours », fit-elle en murmurant.

Ils en restèrent là, nerveux tous deux. Lui, d'avoir provoqué la situation, elle, de se sentir coupable.

La pâleur de sa femme au dîner ce même jour occasionna des remords à Chris. Il se traita d'imbécile lorsqu'il remarqua le léger tremblement de ses mains, qu'elle essayait en vain de lui cacher. Les doigts croisés, elle parla de tout et de rien, comme si elle voulait prouver que rien n'avait changé...

19

Un schéma de sa vie se profilait à la frange de sa conscience, redoutable, qui le rapprochait de la date du 11 avril. Mais sa raison en interprétait un accent trompeur, et Chris avait l'impression qu'il s'agissait de la vie d'un autre.

Il lui fallait réagir, refuser ce jeu morbide imposé à son esprit faible. Il se redressa, nerveux et combatif, déclenchant la douleur au côté. Il l'avait oubliée, celle-là ; il en fut déconcerté et se rassit, soudain docile.

... Avaient suivi pour lui des jours difficiles qu'il paraissait vivre comme d'habitude, mais durant lesquels il réfréna ses doutes en faisant appel à toute sa logique, ne voulant pas succomber au piège malsain de la jalousie.

Sa foi en Emmanuelle ne faiblissait pas, même s'il avait par moments l'impression d'avoir entamé la partie d'un jeu décisif.

Et puis il constata une détente et cela contribua à

calmer sa méfiance… Jusqu'à ce mardi où, rentrant plus tôt que prévu, il surprit la fin d'une conversation téléphonique : « … Certains sujets sont difficiles à aborder. Je ne peux pas lui parler… pas encore. »

Ces propos, émis d'une voix plaintive, le heurtèrent de plein fouet.

Brutale comme un coup de poing, une douleur à l'estomac le stoppa net dans son élan affectueux. Il recula alors, sortit en silence, referma la porte sans bruit, regagna sa voiture sans se souvenir s'il avait emprunté l'ascenseur ou l'escalier pour descendre, trop malheureux d'avoir adopté, sans réellement s'en rendre compte, l'arrivée silencieuse des gens soupçonneux. Fallait-il qu'il fût en plein désarroi pour réagir de la sorte.

Il resta prostré une vingtaine de minutes dans son véhicule, soulagé de sentir sa raison secourir sa conviction profonde et gagner son combat intérieur.

Il refusa de supposer, de croire ou de condamner sans preuve. Il ignora les apparences, s'interdit tout délire interprétatif, tout jugement hâtif. L'amour qu'il éprouvait pour sa femme avait été sans condition ; pouvait-il s'altérer aussi soudainement ? N'était-il pas écrit que les gens qui aiment ne doutent de rien ou doutent de tout ?

Sa deuxième entrée dans l'appartement fut un chef-d'œuvre de naturel, bien qu'il eût tous ses sens à l'affût.

Le baiser échangé le convainquit. Il capta la sincérité dans le beau regard…

Tout à coup Chris sentit une brûlante colère le dévorer, synonyme de haine. Il voulait en faire ravaler à Sophie, qui salissait le souvenir d'Emma, au même titre qu'à Luc, qui débitait des horreurs sur son compte. Dans la seconde même, Laure rejoignit le clan des ennemis, pour lui avoir jeté sa rancune au visage en négligeant son amour pour sa fille.

Il réalisait enfin, de manière juste et pertinente, que ses réminiscences, arrachées du fond de leurs ténèbres, correspondaient à tous ces propos vulgaires et mensongers.

N'étaient-ce pas les attitudes et les mots de Laure, de Luc et de Sophie qui avaient chaque fois déclenché ce qu'il prenait pour une réalité oubliée ? On le manipulait...

Il se recroquevilla sur lui-même, se retrouvant dans l'attente inconsolable des abandonnés.

Ou alors... ou bien... tout ne venait-il pas de sa tête, de sa pauvre tête surmenée ? Ses sens ne le trompaient-ils pas, l'entraînant dans un cauchemar perpétuel ?

Il balança entre aversion et désespoir, incertain, éperdu, avant de se laisser glisser vers la haine à l'état pur. Il revit les rictus de ses anciens amis, terribles reflets de leur ressentiment.

Tout aussi brusquement, ce sentiment lui parut si naturel qu'il en vint à s'interroger sur sa bonté présumée. Un froid l'envahit, l'incertitude et l'appréhension revenaient le cerner pour mieux réveiller sa souffrance morale.

Où était la vérité ? La brèche du mur blanc n'était pas assez béante pour qu'il puisse en écarter les pans.

Il se laissa guider par un besoin absolu devant le miroir de la salle de bains. Avait-il rêvé sa bonté par l'intermédiaire du matériau ? Sa main caressa la glace, légère et tremblante, à la recherche de la douce image. Avait-il aussi rêvé les apparitions d'Emma ?

Il laissa l'idée s'imposer à lui de fuir en des lieux où il pourrait mieux retrouver son ange qui ne se manifesterait plus ici, horrifié des mauvaises pensées qui circulaient sur son compte.

Où pouvait-il s'en retourner, sinon à Villard-de-Lans, en Dauphiné, à l'hôtel des Trois Cornes, dont il trouva les coordonnées dans ses papiers ? Si les noms ne lui disaient rien, les lieux peut-être se feraient mieux reconnaître.

20

L'accueil de l'hôtelier et de sa femme fut amical, bien qu'empreint de malaise.

— Nous sommes vraiment désolés pour votre jeune femme. Elle était si charmante, si...

Chris coupa court aux commentaires et s'enquit de la même chambre. L'hôtelière le précéda dans un couloir étroit et s'arrêta, hésitante.

— C'est celle-ci, la 24. Vous êtes sûr de vouloir...

La réponse ne lui parvint pas, car Chris était tout à ses émotions, à l'écoute des battements de son cœur. Elle le quitta et son regard lui fit du bien, même s'il n'en montra rien, occupé à s'armer de courage pour affronter sa vérité.

Il avait cru que le long trajet jusqu'à la montagne, depuis l'aéroport, lui en rappellerait un autre. Mais, décidé à ne plus s'arrêter sur rien ni personne, il n'avait préparé son esprit qu'à investir la chambre où il avait vécu ses derniers jours avec Emma.

Il se retrouvait donc là, dépité de ne pas être assailli d'une foule d'images, de sensations, d'odeurs, de clichés, qui dynamiteraient définitivement le mur blanc.

La chambre lui parut hostile puisque impersonnelle et vide. Les lits jumeaux étaient trop sagement séparés par une table de nuit, tout ce que détestait Emma, qui s'empressait toujours d'effectuer une transformation. Avant toute chose, Chris fit la même manœuvre et ressentit un petit bonheur d'avoir rapproché les deux lits l'un contre l'autre.

Et puis il ouvrit les placards, s'attendant presque à y retrouver leurs vêtements suspendus. Il épingla sur le crépi des murs quelques photos d'Emma qu'il avait emportées, allégeant par ce geste sa poignante solitude.

Dans la salle de bains, il avança une main craintive au-dessus du lavabo, implorant tout bas le ciel de faire se reproduire le miracle ici aussi.

Enfin, il alla sur le balcon, posant un regard sans a priori sur un vaste panorama de verdure et de roche. Indéniablement, il ne se sentait pas complètement étranger au décor, même si le sentiment de nager à contre-courant persistait.

Ravalant ses larmes pour rester fort, il respira profondément l'air vif, les yeux fixés sur le pic mystérieux qui semblait le dominer. En se souvenant de son nom, la Grande Moucherolle, il crut ressentir une amorce de détente. Une voix mystérieuse lui soufflait qu'il avait bien fait de revenir en ces lieux, qu'Emma en avait aimé les monts et les vallées.

Quand le soleil eut disparu, il vint s'installer dans l'un des deux fauteuils qui formaient un coin salon, tout proche de la baie, et se laissa emporter dans un flot de pensées diverses où, tout doucement, le rattrapaient des impressions plus ou moins vives qui alimentaient sa mélancolie.

Cet état d'esprit le maintint dans une prostration et un oubli du temps. La nuit et la fraîcheur des montagnes peu à peu envahirent son espace, sans qu'il fît un geste.

Il se réveilla le lendemain, frileux et blotti dans le fauteuil, toujours aussi seul et malheureux, mais avec l'espoir neuf de retrouver Emma.

Accoudé au balcon, il éprouva, pour la première fois depuis bien longtemps, un apaisement à regarder un paysage. Il y devinait des chemins de terre, des allées ombragées, des sous-bois, qui avaient dû les voir passer tous deux enlacés et heureux, comme il se souvenait d'eux-mêmes. Pourquoi n'en aurait-il pas été ainsi, avait-il envie de répondre à la crainte qui s'immisçait, indélicate et sournoise, au milieu de ses pensées.

Il allait fouler campagne et montagne, il allait retrouver sa mémoire, il allait revivre les dernières joies d'Emma. Plus rien d'autre ne devait compter. Il lui fallait oublier jusqu'à Laure, Luc et Sophie, dont les propos malsains osaient encore saborder ses espoirs.

Quand il traversa le hall, l'hôtelière vint à sa rencontre, souriante, un peu inquiète aussi.

— Vous n'êtes pas descendu prendre votre petit déjeuner, fit-elle avec un ton de reproche.

Il la regarda, les yeux graves.

— ... Savez-vous où nous allions nous promener, ma femme et moi ?

— ... Mais... Vous partiez souvent seul... Elle vous attendait.

— Ah...

— Parfois elle venait vous attendre au bar... Sa santé avait l'air fragile...

— ... Sa santé... oui, bien sûr.

« ... Ma classe est difficile cette année... je suis un peu nerveuse et fatiguée... Luc m'a prescrit des calmants légers... »

— Elle m'avait dit être en convalescence...

— ...

— Etes-vous sûr d'aller mieux, monsieur ?... Je veux dire... depuis votre accident.

Elle eut une moue navrée et gentille, un sourire compatissant. Elle le prit par le bras et l'entraîna à l'écart de quelques vacanciers volubiles.

— ... Vous faisiez seul de courtes randonnées, mais vous visitiez avec elle les endroits à voir tout alentour. Vous alliez le soir goûter à quelques plats régionaux. Je vous avais conseillé la ferme du Montand, puis celle du Bois Barbu sur le plateau. Il y avait aussi un petit garçon qui venait vous attendre.

— Un petit garçon ?

— Un de ces mômes à la langue bien pendue qui se cherchent des sympathies. Il avait apparemment gagné la vôtre... Vous formiez un beau couple, vous savez, finit-elle en lui tapotant le bras.

Les derniers mots de la brave femme mirent le baume le plus doux qui soit sur les blessures de Chris.

21

Transcendé par les sept mots magiques de son hôtesse, Chris mit toute son ardeur à plonger dans les rues de Villard-de-Lans, cherchant des convictions à chaque pas.

Il s'ouvrit à l'extérieur comme il s'y était fermé jusque-là et éprouva la bizarre sensation de retrouver un peu les couleurs qui manquaient à sa vision.

Sans s'attarder sur les visages, qu'il ne faisait qu'intégrer au décor, Chris regarda, sentit, écouta la vie du bourg, décidé à le retrouver tel qu'il l'avait visité pour mieux le reconnaître.

Il se mit dans la disposition d'esprit du citadin parisien aux prises avec la montagne inconnue. La seule qu'ils eussent fréquentée, Emma et lui, était celle de l'hiver savoyard. Qu'est-ce qui avait poussé Emma à venir en découvrir une autre, l'immense Vercors rocailleux, nu, mystérieux ?

Elle avait choisi cet endroit, poussée par le désir de partir. Cette envie avait été importante puisqu'ils étaient partis bien avant la fin de la période scolaire.

Il comprenait enfin l'urgence de ce départ précipité ; les propos de son hôtelière lui avaient apporté un début de réponse.

Et tandis qu'il arpentait la ville, à l'affût de vibrations, il se souvenait d'Emma à son bras, fragile et fatiguée... Il avait ainsi marché le long de ces rues avec elle, à la découverte d'une région.

Il avait le sentiment étrange de connaître cette ville sans y être jamais venu, de ces endroits que l'on dit avoir connus dans une autre vie. Il en fit plusieurs fois le tour, s'arrêta devant les principales boutiques, regarda la masse compacte de l'ours statufiée sur la place, que sa jeune femme n'avait certainement pas manqué de caresser. Il voulut croire que cette approche était bénéfique. Il sentait quelque chose de subtil dans l'air, indénonçable mais comme lui appartenant.

Mais il retrouva davantage Emma dans la chambre, où l'âme des photos avait pris sa place. A regarder le visage rieur, il le sentit se matérialiser tout près de lui mais... changé... sans ses longs cheveux. C'était la première fois que cette notion lui venait et il en fut étonné. Couper la magnifique chevelure blonde n'avait jamais, au grand jamais, été envisagé.

L'impression persistait, il s'assit lentement, priant pour que les pensées restent et se mettent en place, même s'il lui fallait attendre une éternité. Tout doucement émergea de l'ombre le fin visage encadré de courtes boucles, les yeux déprimés.

Ce fut frémissant, comme s'il détenait le fragile pouvoir de tirer, d'un seul coup d'essai, la bonne clé d'un trousseau, qu'il se hasarda au Chamois, un restaurant accueillant.

Les gens devaient le dévisager, mais il n'en avait cure. Concentré, il faisait le minimum de gestes, ne prononçait aucune parole, désireux de laisser Emma revenir s'installer dans ses pensées et s'asseoir face à lui devant un couvert imaginaire.

Et là encore, il eut l'impression de reconnaître la salle lambrissée, ornée d'une énorme tête de chamois. Plus confiant, il laissa ses yeux partir au-delà de sa table.

Lorsqu'il rencontra le regard de l'homme à la moustache noire, il l'ignora comme il le faisait jusque-là de tous ses congénères. La deuxième fois, il fronça les sourcils. La troisième, il le dévisagea et éprouva un choc ; Emma avait rougi sous le regard insolent de cet homme, avant d'en apprécier la séduction.

Puis des propos resurgirent, proférés par Sophie, et le doute, fiel des amoureux, s'abattit sur lui après avoir été banni par sa raison. Il pouvait se tromper sur Emma. Il la revoyait lasse, fatiguée, déprimée, mais… n'était-elle pas plutôt rêveuse, lointaine ? Il avait cru être plus fort qu'eux tous et pourtant… ne replongeait-il pas dans l'ivresse de la jalousie ?

Emporté par une colère tardive, il fut à deux doigts de se lever et de boxer le séducteur inconséquent. Il quitta le restaurant comme s'il avait été pourchassé par un vol de frelons.

Il aurait donné sa pauvre vie pour rejoindre Emma

sur-le-champ et échapper à ses démons, mais la vie est parfois tenace pour ceux qui veulent s'en défaire.

Et Chris n'avait pas fini d'aller au bout de son calvaire.

La première moitié de sa nuit fut bombardée de rêves tous plus délirants les uns que les autres, dans lesquels se mêlaient les propos de Laure : « Elle ne vous aimait plus », ceux de Luc : « Tu as assassiné ta femme pour de l'argent ! », et ceux de Sophie : « Pauvre imbécile ! Emmanuelle et Luc ! Emmanuelle et Luc ! »

Enfin son agitation cessa, il plongea dans des brumes salvatrices.

22

Il se réveilla tôt, revenu de ses débordements, calme et lucide. Quoi qu'il allât découvrir, il savait qu'il lui fallait aller jusqu'au bout, avant que sa paranoïa ne s'aggrave.

Il loua une voiture pour se rendre sur les lieux de l'accident. Curieusement, il savait dans quelle direction aller. Il se laissait guider par ses sens. En prenant la route de Grenoble, il n'eut qu'à escamoter le jour pour replonger dans le contexte de sa virée tragique.

Le cœur étreint, Chris ne maîtrisait pas une peur qui s'intensifiait à mesure qu'il se rapprochait. Un monstrueux pressentiment faisait frémir ses mains sur le volant. Ce tremblement s'accentua quand il freina pour se garer à l'entrée d'une courbe, comme s'il avait parfaitement connu l'endroit.

En descendant du véhicule, il titubait, assommé par des éclairs fulgurants... Il était venu... à deux reprises... reconnaître les virages..., en éclaireur animé d'intentions...

Il avait su à quel endroit exactement la glissière de

sécurité pouvait être percutée sur un coup d'accélérateur…

Il avait trouvé logique de revenir ici, la nuit, pour accomplir sa besogne…

Il s'approcha de la glissière défoncée et s'étonna que la tôle n'eût pas été remplacée. Il se pencha et suivit des yeux le trajet dévastateur à travers les troncs écorchés et brisés.

Il voulut fouler les traces qui blessaient la nature de profonds sillons, et arriver au point d'impact, caché à sa vue par un renflement de terrain qui avait fait tremplin avant la chute finale. Mais ses jambes lui manquèrent.

Il s'assit sur le talus ravagé et fit face à la ville, tout en bas, qui se moquait bien de lui, pauvre humain repenti. Oui. Chris devrait aller au bout de sa quête, chercher l'absolution.

Le soleil dardait ses rayons chauds sur les monts alentour, les enveloppant d'une aura magique. Grenoble s'étalait à ses pieds, curieusement cernée de montagnes et pourtant plate comme le dessus de la main.

Son regard engloba le cadre grandiose et s'éleva sur le Grésivaudan. Le calme l'enveloppa, malgré l'amorce de dégoût qui se frayait un chemin à travers lui, malgré la présence presque palpable d'Emma, ou à cause de cela même.

Il ferma les paupières et pria pour sa femme, que la nature lui rendait un peu en tapissant son cœur de la même douceur. Des images lui vinrent, d'un sourire, d'un bonheur, d'une confiance… d'un rire, d'un geste auxquels il répondait... mais elles paraissaient si lointaines.

Il rouvrit les yeux et se prit à vouloir se fondre à l'univers dans l'air tiède et les nuées vaporeuses qui s'effilochaient le long des cimes, ou dans le vol paresseux de quelque faucon.

Mais à cet instant un crissement de pneus détruisit l'harmonie ; une voiture descendait à vive allure, talonnée de près par une autre. Les deux véhicules passèrent à deux pas de Chris qui n'avait pas bougé, ne craignant plus rien de la vie que ne jamais pouvoir la perdre. Elles le frôlèrent pour amorcer les dangereux virages.

Dans sa tête Chris suivit les manœuvres, les vitesses rétrogradées, l'accélération à la sortie du virage suivant, le freinage à l'entrée d'un autre, et ainsi de suite jusqu'à la fin de la série de boucles.

Il demeura prostré, spectateur impuissant d'un bouleversement intérieur qui brouillait tout. Jusqu'à ce que le poids de sa faute ne fût plus qu'une pensée unique.

Il ne fit bientôt plus qu'un avec elle, terrible et violente faute décidée à se manifester pour contrebalancer le reste : horreur ou méprise.

Il se leva, farouche et fort de cette dernière chance. La mâchoire serrée, il se mit au volant de sa voiture et fit un vif demi-tour pour repartir d'où il était venu. Vingt mètres plus haut il effectua la même manœuvre en sens inverse. Et puis... comme cette nuit-là... il fit le vide en lui et se ferma à tout... avant d'accélérer à fond, les doigts crispés sur le volant.

Il fut vite sur le talus, déjà hors de la route, et il

ferma les yeux, et ne contrôla plus rien, ni sa folie, ni sa peur, ni le formidable réflexe qui jeta son corps sur le côté en entraînant le volant dans une autre trajectoire.

L'interminable hurlement de la gomme sur l'asphalte s'engouffra sous son crâne pour combattre la brèche... Le mur blanc vibra, se craquela davantage...

Mais le véhicule s'immobilisa après un choc violent, et le calme, aussi brutal qu'angoissant, vint reprendre possession de son mental, tandis que sa vieille blessure au côté le brûlait.

Le cœur au galop, les mains moites, il respirait à petits coups effrayés. Privé de ressort, il resta sans bouger à écouter son corps survivre, à constater que l'essentiel était toujours de l'autre côté du mur maléfique.

Et, démontrée une deuxième fois, sa lâcheté l'écrasa de son mépris. Le dégoût de lui-même s'emparait de chaque parcelle de son corps, inexorablement. Il l'engloutissait aussi radicalement que le serpent avale sa proie, et il était presque heureux de souffrir bientôt d'une maladie bien plus terrible que la simple douleur charnelle ; jamais le remords ne lui laisserait de répit.

Mais si l'heure n'était pas encore venue de répondre à toutes les questions, il pouvait en redouter certaines. Jusqu'où allait son hypocrisie ? Quelle part sa jalousie avait-elle eu de déterminant dans un acte aussi odieux ?

Il ne pouvait s'empêcher de revenir aux réflexions de Luc, validées par celles de Laure, qu'il avait trop aisément mises au ban de l'impossible et de la démence.

Il se donna trois jours avant de repartir forcer leurs aveux.

23

La voiture avait évité le pire. Chris la ramena devant l'hôtel et partit à pied droit devant lui.

Au bout de quelques kilomètres, il ralentit... Il reconnaissait ces ruines envahies par les arbres... Son cœur se serra... Valchevrière, hameau isolé au milieu de la forêt de la Loubière... Verrou gardant le Vercors central où se concentrait le PC des forces de la Résistance. Seule la chapelle était presque intacte après la bataille de juillet 44. Une immense croix dominait le site afin que nul n'oublie les martyrs de ce tragique épisode... Emma émue au pied de cette croix...

Il avait besoin de s'étourdir. Il alla loin, toujours plus loin, indifférent à tout ce qui n'était pas son tourment.

Tout en gravissant les sentiers raides et escarpés qui lui ôtaient le souffle, il traduisait le langage des coups sourds tambourinés dans sa poitrine ; l'accident n'avait rien à voir avec son amnésie, seule la gravité de son acte en était la cause, et son subconscient, horrifié, l'avait soustrait de son intelligence.

Convaincu de sa double personnalité, Chris n'avait de cesse de retrouver sa vérité. Etait-il Jekyll ou bien Hyde ?

Il dut cependant arrêter sa course à l'épuisement ; ses jambes le lâchèrent au sommet d'une vire.

Il se laissa choir sur le sol dur, face à la large cluse de Grenoble, et fut forcé de reprendre ses esprits. Un flot d'idées confuses bourdonnaient encore sous son front, mais il savait les choses lui revenir doucement, les dernières, celles qui solderaient son acharnement.

Et en même temps qu'il attendait la sentence, il était conscient qu'il changeait. Que quelque chose l'avait changé.

Après avoir eu la tête pleine de vent, il la remplissait à nouveau, mais différemment, à l'écoute d'un monde jusque-là inconnu, et en attente.

La sérénité de la nature entrait en lui. Aussi loin que ses regards pouvaient porter, il la touchait et elle lui retournait des impressions. Il resta longtemps à la contempler, acceptant enfin l'idée de la transformation des choses, l'avancement pour elle dans un état de renouvellement permanent.

Pour quelqu'un comme lui, conditionné à ne croire qu'à ses sens et à sa raison, le monde dans sa frange de mystère le ramenait à un degré d'ignorance tel qu'il ne se sentait plus humain mais part intégrante de l'univers.

Et il sut que ce qu'il attendait venait de l'invisible, sortait lentement de tout ce qui frissonnait autour de lui. Emma était dans l'air qu'il respirait. Il était avec elle à n'en plus finir.

Peu à peu empli de joie et d'amour, il se mit à pleurer doucement. Jusqu'au coucher du soleil, il se laissa pénétrer par la paix crépusculaire, charmé, vaincu, devenu simple atome dans le souffle du cosmos.

Il parcourut de l'œil toute la chaîne d'en face aux crêtes encore blanches de neige, merveilleusement découpées sur un ciel lavande dont la couleur même lui rappellerait à jamais celle des yeux d'Emma.

Plus l'ombre augmentait dans les vallées au-dessous d'elles, plus leur clarté s'allégeait pour se nuancer de roses et d'ors sur fond violine. Puis elles se mirent à pâlir, à se griser tout doucement. Et bientôt, il n'y eut plus ni ombre ni lumière, mais une sorte de demi-teinte joueuse qui modelait tout, brèches et crevasses, que la lune allait venir visiter de ses doigts d'argent.

Chris assistait à l'agonie solennelle de la montagne. Au cri d'un épervier, il releva la tête et fut tenté ; d'un coup d'ailes il pourrait aussi s'envoler vers des aubes diaphanes ou bien les fuir à jamais.

Revenu à l'hôtel, il se plongea dans son reflet, guettant tous ses péchés, toutes ses folies, regardant longuement son visage pour en deviner la laideur morale.

Aussi loin qu'il pouvait se souvenir, il ne voyait rien de blâmable, rien dont il aurait eu à rougir, pas même une vieille iniquité oubliée ; au contraire, il n'avait éprouvé que des satisfactions, en mettant en avant des priorités dérisoires, vaines sans aucun doute mais à la mesure des désirs humains. Sans qu'il s'y fût attendu, il vit son regard autre, différent, qui redevenait celui d'hier...

... Il se vit en train de s'imposer un retour en arrière dans le temps... à la recherche de ce qui aurait dû alerter sa curiosité, à essayer de se remémorer ce qui l'avait forcément interpellé... des signes qui auraient dû le faire sortir de sa tranquillité douillette...

Le cœur de Chris cessa de battre. Il n'avait rien espéré d'autre qu'observer dans le miroir la négation de sa fourberie, aussi l'apparition de la date récurrente et clé de sa mémoire le plongea-t-elle dans le désarroi.

... Il continuait à fixer cet autre lui aux illusions perdues. L'ombre de ses cernes s'étalait sur ses joues blêmes.

Peu habitué aux prises de conscience, Chris découvrait la fêlure, dans sa douleur la plus pure. Toute son insouciance se brisait. Il avait perdu la paix. Les heures qui venaient de s'écouler avaient laissé une plaie à vif dans tout son être.

Le besoin de comprendre ne lui ferait pas mieux accepter les faits, mais l'homme est ainsi constitué qu'il lui faut les canaliser, les resituer comme pour mieux se soumettre ou se convaincre de ses responsabilités. A la recherche de l'erreur, d'une explication face à l'impondérable, Chris luttait contre une nausée qui le pliait en deux.

Aurait-il pu imaginer, alors, la véritable signification d'une série de silences, jugés plus surprenants qu'alarmants... Non. Rien ne prépare jamais à ce genre d'épreuve.

Qu'aurait-il pu réellement faire pour modifier le cours d'un destin implacable ? Peut-être douter moins et gagner du temps sur le bonheur qui s'effritait.

Cette évidence décuplait son malaise, créait immanquablement le remords insupportable. Combien donnerait-il pour retrouver sa légèreté ? Même en soupçonnant le pire, il n'avait, à aucun moment, effleuré la réalité.

Le pire, pour lui, n'avait-il pas eu pour noms tromperie, duplicité ? Il se haïssait à présent d'en avoir seulement imaginé l'idée, bien que l'un de ces termes sonnât pourtant juste...

Déjà terrifié, Chris se sentait arrivé au terme de sa route. C'était là, tout proche, prêt à surgir du miroir. C'était là, au bord de sa mémoire.

Il allait suffire d'un rien... il prit doucement le verre retourné sur le lavabo, l'emplit d'eau et le porta lentement à ses lèvres.

Rien n'était plus venu depuis longtemps accompagner ce simple geste, mais... Hélas... Tout cessa, tout rentra dans l'ordre.

Sa déception le submergea de rage. Pour ne pas se mettre à hurler, il se jeta dans les rues.

Il retourna au Chamois. Il avait besoin de revoir l'homme qui avait fait rougir Emma.

Installé dans un coin, il avait une vision complète de la salle et de l'entrée des cuisines. Ses regards fouillaient tout, puisqu'il était certain d'être venu ici avec elle.

Il ne toucha à rien, se rappelant Emma et son appétit d'oiseau. Il se nourrissait de l'espoir que quelque chose d'autre allait encore se passer aujourd'hui.

Sans s'en rendre compte il triturait son fromage de la pointe de son couteau et en éparpillait les morceaux dans son assiette. Une voix chuchotante le fit sursauter :

— Quel dommage que Monsieur n'aime pas le bleu de Sassenage. Sait-il seulement que François Ier l'appréciait fortement à son époque et en faisait venir jusqu'à sa cour ?

Le regard noir de Chris eut raison de l'indiscret en tablier blanc et le renvoya à la cuisine.

Vers 23 heures les clients avaient déserté leurs tables. L'homme à la moustache n'avait pas paru et les serveurs commençaient à ranger chaises et tables. Chris comprit qu'il devait quitter les lieux.

Il se levait, lorsqu'il aperçut un enfant d'une dizaine d'années en train de l'examiner depuis la porte des cuisines. Il avait l'air surpris et gardait la bouche ouverte comme s'il allait l'appeler. Chris le quitta du regard, peu soucieux de lui.

— Veux-tu bien revenir là, toi ? cria une voix rude.

Chris releva le front. Le patron entraînait le gosse qui avait la tête toujours tournée dans sa direction.

24

La nuit ne lui apporta rien de plus.

Il resta impuissant devant ce 11 avril dont il avait entrouvert la porte. Sans comprendre l'acharnement de sa conscience à se jouer de lui, Chris se sentait comme un enfant en train d'épier des scènes défendues.

Il n'attendit pas les lueurs de l'aube pour repartir en chasse.

Les premiers rayons du soleil le trouvèrent au roc Cornafion, accroupi sur une corniche. Il était venu jusque-là parce que l'approche des monts lui faisait du bien, l'apaisait, modifiait ses valeurs et jugements. Sous la pleine lumière, le roc se réveillait et perdait les puissances de sortilège que la veille il tirait du crépuscule.

Ce matin-là avait l'air d'être le premier du monde. La paix était si totale que la notion du temps qui passait ne signifiait plus rien pour Chris. La renaissance du jour allait-elle lui apporter la sienne ?

Bientôt, il se leva pour aller fouler les pas d'Emma, sur les sentiers et les combes qu'il surplombait.

Quand il revint à l'hôtel, il ne prit pas garde à qui l'apostropha.

— Hé !

Il se retourna avec humeur et regarda l'enfant, qu'il reconnut pour être celui qu'il avait aperçu la veille.

— Oui ?

— Vous êtes revenu ?

— Qui es-tu ?

— Ben, Raphaël, quoi !

Le visage du gamin ne lui était pas tout à fait étranger, mais il répondit pourtant :

— Je ne te connais pas. Qu'est-ce que tu veux ?

Le ton dur et le sourcil ombrageux eurent raison de l'enfant. Il regarda Chris, les yeux noirs chargés de stupeur et d'un début de colère, puis s'enfuit avec toute la vitesse de ses maigres jambes.

Chris se sentit un rien nerveux et mal à l'aise mais son esprit oublia vite le petit garçon. L'après-midi, il se laissa entraîner par son instinct vers le sud du village.

Au bout de deux kilomètres franchis sur un chemin caillouteux, il obliqua sur sa droite et pénétra dans une petite forêt, progressivement empli d'une certitude qui emballait son cœur... Il reconnaissait ce sous-bois, ce sentier aux cailloux pointus...

Au détour d'un autre chemin, il vit sur sa droite une vieille maison à l'allure de ferme blottie contre un bosquet. Il s'arrêta... Il était venu ici avec Emma. Il se fit patient. Une peur le retenait de se précipiter.

Enfin, il s'approcha de la boîte aux lettres, caisse de bois pendue aux branches basses d'un pin et il tressaillit : « Céline Villat ». Ce nom !

Il restait cloué sur place, poussé et retenu à la fois d'avancer. Il finit par reculer à travers les pins et s'asseoir sur quelques rondins moussus.

Il avait besoin de réfléchir, de tenter encore et encore de déchirer les derniers voiles qui aveuglaient son entendement. Il demeura là plus de deux heures, à défricher l'ultime terre inculte de son cerveau.

Et quand il vit l'enfant traverser la cour, il trouva cela naturel, tout comme il savait ce que le gamin allait lui demander s'il trouvait le courage de l'approcher.

C'est ce qu'il fit ; il se leva et vint à lui. Le gosse le regarda, à la fois sur la défensive et plein d'espoir. Alors, de plonger dans les yeux innocents, cela lui revint brutalement.

« ... Qu'est-ce qu'elle a ta main ? »

Emma ne se trouble pas. Sa réponse est rapide et douce.

« Elle est malade. »

La curiosité du gamin persiste.

« Elle va guérir ?

— Peut-être... »

Il lui avait fallu tant de temps pour y arriver enfin...

De la peur plein le ventre, Chris s'assit de

nouveau, tandis que défilait un début de mémoire retrouvée.

Il replongea dans le passé proche, à nouveau emporté par sa douleur, concentré sur les moindres détails...

... Hier enfin ! Hier, décidé à percer l'abcès, Chris avait voulu brusquer les choses. La gaieté forcée d'Emma ne lui convenait plus.

Un bouquet de violettes à la main, il franchit la porte d'un chocolatier. La sonnette s'accorda à l'air qu'il sifflotait depuis son départ de la banque. « Ma petite femme déprime. Je l'emmène au cinéma, ensuite au restaurant, et je l'oblige à s'ouvrir à moi. »

En sortant du magasin, un coup d'œil dans la vitrine le conforta. « Un visage impossible », disait Emma. « Comment puis-je être certaine de te garder pour moi seule ? » La fierté qui luisait dans ses yeux démentait ses paroles et n'était pas pour déplaire à Chris. Vanité, vanité... mais c'est si bon de se sentir sûr de soi.

Satisfait de sa personne, confiant, ravi de son initiative, Chris accéléra le pas, dépassa les rues piétonnes de la ville et s'engagea dans une voie sans issue.

On le connaissait à la conciergerie de l'école, aussi ne s'arrêta-t-il pas à l'entrée et poursuivit-il son chemin. Après avoir longé les préaux, il traversa une allée ombragée de platanes et se trouva devant la classe d'Emma. Sur le point de frapper à la porte, il aperçut à travers un carreau un jeune homme qui évoluait au milieu des enfants.

Déconcerté, il retint son geste. Il allait attirer l'attention de l'inconnu quand une voix dans son dos le fit sursauter.

« Quelle surprise ! »

Les bras chargés de fournitures diverses, la directrice de l'établissement s'approchait de sa démarche sautillante. La cinquantaine bien sonnée, large et chaleureuse, elle continua de sa voix chantante :

« Vous nous apportez des nouvelles de votre femme ? Les enfants se languissent d'elle, vous pensez ! Deux jours sans elle, et ils sont perdus. »

Sans remarquer le trouble de Chris, elle poursuivit en baissant un peu le ton :

« Le remplaçant n'est pas mal, mais il n'a pas la patience de notre Emmanuelle. »

Comme Chris restait interdit, elle reprit :

« Alors ? Ces résultats d'analyses ? Rien de grave, j'espère. Elle nous a fait peur, vous savez.

— ... Peur ? »

Chris perdait pied. Son cœur s'était mis à cogner trop fort dans sa poitrine. Il semblait perdu dans la contemplation de la fine buée qui sortait des lèvres de la directrice.

« Ben dites ! Un malaise qui dure aussi longtemps !

— Un malaise... ? »

La vision s'affaiblit. Elargis sur elle, les yeux de Chris contenaient l'indicible, mais il ne jura plus contre son impuissance à la retenir... puisqu'il savait. Puisqu'il se rappelait enfin !

... Chris courait, courait, bousculait les passants sur sa route ; n'entendant que le sang qui battait violemment contre ses tempes ; ne voyant que la cabine téléphonique, là-bas. Ses coudes lui ouvraient le passage. Ses talons claquaient sur l'asphalte comme autant de sentences mortelles ! Une seule pensée l'habitait : trouver Luc ! Parler à Luc !

Il fuyait l'école, la directrice consternée, les détails d'une réalité qu'il appréhendait subitement dans toute sa dimension parce que sa logique reconstituait tous les morceaux d'un puzzle géant.

Il se rua dans la cabine, heurtant un vieux monsieur qui s'y dirigeait tranquillement. Rien ne comptait pour lui que ce coup de fil à passer ! Sa main trembla sur le combiné. Il dut refaire les numéros. Une bouffée de chaleur lui fit arracher son col. Sa cravate roulée en boule rejoignit le fond de sa poche, tandis que la sonnerie retentissait indéfiniment au loin, comme un disque rayé. Il pianota d'un doigt fébrile sur l'appareil.

« Allez ! Réponds ! Bon Dieu ! Réponds ! »

Le vieux monsieur frappa contre la vitre mais recula vivement lorsque Chris se retourna, furieux.

« Fichez-moi la paix ! »

Enfin on décrocha à l'autre bout du fil, et Chris cria plus qu'il ne parla :

« Il faut que je te voie ! Il s'agit d'Emma ! Est-ce que tu...

— Viens ! Je t'attends ! » fit Luc en raccrochant brutalement.

Egaré, Chris se laissait remplir l'oreille des bip-bip lancinants qui scandaient sa peur débridée depuis l'ordre bref.

Peu à peu, il refit surface, son regard vit les fleurs,

tristement malmenées dans sa course au téléphone, maintenant reléguées dans un coin de la cabine à côté des chocolats renversés.

Il reposa le combiné. Que Luc sache la vérité sur Emmanuelle ne faisait aucun doute. Et si un peu d'amertume vint au bord de son cœur pour avoir été laissé dans l'ignorance d'un fait grave, furieusement l'espoir s'empara de lui ; il savait que Luc ferait l'impossible pour sa jeune femme. Mais soudainement, le désespoir contrecarra cet élan pour lui souffler une évidence : ne cache-t-on pas les choses terribles ? Cette hantise pénétrait dans son cerveau.

Le vieux monsieur se tint sur ses gardes lorsqu'il vit sortir cet individu inquiétant, mais qui n'était déjà plus le même. L'abattement avait succédé à la violence. Il semblait si désemparé, si malheureux, qu'il eut envie de le questionner. Il hésita, la main posée sur la porte de la cabine, attendant que leurs regards se croisent. La détresse de Chris était palpable ; le vieux monsieur parut la reconnaître ; tout le poids de sa longue vie pesa dans ses mots.

« Vous avez un problème, jeune homme ? »

Provenant d'un étranger qu'en outre il avait malmené, cette sollicitude trouva son chemin dans l'égarement de Chris, mais… comment aurait-il pu avouer sa crainte du pire pour sa femme, son désir de courir, de s'élancer pour savoir et celui de redouter la vérité ? Le « Viens ! Je t'attends ! » de Luc n'en finissait pas de lui broyer le cœur…

25

La douleur de Chris atteignit son paroxysme.

Son retour à l'hôtel et son départ précipité pour Paris ne se fixèrent dans aucune parcelle de son cerveau, celui-ci tout entier voué à Emma.

Il avait replongé dans le drame de sa femme comme dans un bain de lave, et sa peau partait en lambeaux, arrachant avec elle tous les soupçons, toutes les jalousies inventées par son esprit malade.

Les nerfs à vif, son voyage fut terrible.

Il se mordit les poings d'impatience et souffrit de ce retour à une réalité effrayante.

Il avait besoin de Luc afin de poursuivre sa descente aux enfers. Luc allait confirmer, expliquer, apporter le reste de lumière sur sa vie interrompue. Car Luc seul avait été dans le secret.

Sitôt arrivé à l'aéroport, il sauta dans un taxi avec une seule idée en tête. Il se précipita dans l'immeuble de Luc et s'engouffra dans son bureau avant qu'Annie ait pu l'intercepter.

Luc referma la porte sur eux d'un geste rageur, puis se retourna, du courroux dans la voix.

— Il me semblait avoir été clair ! Je ne veux plus de toi, ici !

— Elle était malade ! Condamnée ! lança Chris sans se laisser émouvoir. Tout me revient !

Luc avait croisé les bras et le regardait d'un drôle d'air.

— Elle n'était pas plus malade que toi et moi ! scanda-t-il d'une voix ferme.

— Elle était condamnée ! se braqua Chris. Tu voulais la faire hospitaliser ! Elle refusait !

— Cela te va bien de jouer l'innocent ! Ton amnésie est cousue de fil blanc ! Tu n'es qu'un imbécile ! railla Luc.

Depuis qu'il avait franchi les portes du cabinet, Chris avait l'étrange impression de retomber dans le gigantesque piège arachnéen. Hébété, il sentait la toile se refermer de nouveau sur lui et l'étouffer de sa glu.

— Elle était malade ! Condamnée ! ne pouvait-il que répéter. Elle...

— Nuance. Nous lui avons fait croire qu'elle était malade. Tu as une drôle de façon de te souvenir !

— ... Elle était condamnée ! Ce sont tes propres mots !

— Qu'est-ce qui t'a pris ? La maladie se développait en elle, et tu fous tout en l'air en agissant plus tôt que prévu !

Incontrôlée et pernicieuse, une rage venue du fond des âges projeta Chris en avant, sans même qu'il eût saisi le sens terrible des mots.

Il rencontra un roc : Luc avait soudain la stature d'un colosse. Il se retrouva à terre, le col serré dans un étau.

— Nous avons créé sa maladie, nous l'avons provoquée ! Maladie psychosomatique ! C'était ton idée ! J'avais ton accord !

— ... Tu veux parler... d'une expérience ?

— Si tu veux. Sa mort entrait bien dans nos projets, n'est-ce pas ?

— Tu es complètement fou ! hurla Chris en essayant de s'échapper de la poigne de fer.

Sur le point de suffoquer, il sentait l'horreur lui tordre les entrailles. Les mots ne passaient plus dans sa gorge, par manque d'air et de lucidité. Sa logique s'envolait hors de lui, comme une poussière arrachée par le vent.

Luc se pencha sur lui, un rictus à la bouche et l'œil fou.

— Qu'est-ce qui t'a pris ? répéta-t-il. Laure t'a tout raconté ? C'est ça ? Tu as voulu me doubler, mais tu ne connaissais pas toutes les règles ! Dommage pour toi ! finit-il en se redressant.

— Que veux-tu dire ? Que vient faire Laure dans tout ça ?

Luc était allé ouvrir un tiroir de son bureau. Il en sortit le bistrol aux mots accablants et le secoua devant lui.

— Si l'idée te venait d'aller à la police, pense à ta confession. Officiellement, tu es plus impliqué que moi. « Je ne la supporte plus. C'est ce soir ou jamais », scanda-t-il, moqueur.

Dès qu'il fut remis du choc, Chris téléphona à Laure d'une cabine, mais celle-ci raccrocha au son de sa voix.

Il chercha l'étourdissement dans un bar et quelques verres. Il se sentait au bord du néant, comme à sa sortie d'hôpital, le doute ancré dans chacune de ses pensées.

Bien plus tard, après avoir traversé en zombie la nuit de quelques rues, il rappela Laure d'une autre cabine téléphonique, s'attendant à se faire éconduire encore.

Le contraire le surprit. Laure parlait lentement, d'une voix faible. Il devait se boucher l'autre oreille pour comprendre les mots chuchotés.

— Luc vient de sortir de chez moi. J'ai peur.

— Quoi ?

— Ne m'interrompez pas.

— Que se passe-t-il ? Que vous a-t-il raconté ?

— Il s'est assuré de votre amnésie pour vous faire porter le chapeau sur la mort d'Emmanuelle… J'ai enfin tout compris.

— Mais de quoi parlez-vous ?

— De la mort de ma fille et de son héritage.

— Ne pourrions-nous parler de tout cela de vive voix ?

— Non. Il me fait surveiller.

— Ne dites pas de sottises.

— Vous ne le connaissez pas. Laissez-moi parler. Cet héritage… Il s'agirait d'une forte somme dont sa descendance hériterait si Emmanuelle perdait la vie avant sa trentième année.

— Que me chantez-vous là, Laure ? On n'a jamais

entendu parler de telles inepties en matière d'héritage !

— Une exception dingue, mais faite dans les règles de l'art. Un aïeul avait juré de ne rien laisser aux générations qui lui succéderaient. Emmanuelle était la quatrième génération, il avait choisi la cinquième.

— C'est complètement absurde. Emma était-elle au courant ?

— Non. Je trouvais ces choses si fausses, si niaises.

— Mais alors, qui en a parlé à Luc ?

— Moi... un jour... Ne me jugez pas... Nous avons été amants.

— Quoi ?

— Ne me jugez pas... s'il vous plaît... Je lui ai parlé de cet héritage. A sa réaction j'ai cru comprendre qu'il s'y intéressait plus que la normale. Aujourd'hui je sais pourquoi.

— C'est insensé. Je ne crois pas une seconde à votre liaison avec Luc, ni à cet héritage qui ne rime à rien puisque Emma et moi n'avions pas d'enfants !

— Emmanuelle en a pourtant fait un !

— Absurde !

— Un enfant qui est celui de Luc !

— Aberration ! Aberration ! Vous délirez, Laure !

— Ils s'aimaient avant votre arrivée.

— Non ! je ne vous crois pas !

Les protestations de Chris hurlaient sa stupeur. Il ne voulait pas croire aux délires de Laure.

— Elle a passé six mois en Angleterre. Luc l'avait accompagnée. Il vient de me l'apprendre. Il pense que je feins l'ignorance.

— Quand auraient-ils eu cet enfant ? fit Chris qui commençait à avoir mal dans la région du cœur.

— Durant son stage, en Angleterre... il doit y avoir une dizaine d'années. Elle lui avait fait croire qu'elle avait avorté.

— Vous saviez donc ?

— Je ne savais rien, mais je comprends mieux les absences d'Emmanuelle et tout le reste. Elle téléphonait souvent en Angleterre, à une amie, disait-elle. Sauf cette année. Elle téléphonait toujours aussi régulièrement, mais en France.

— Luc dit que j'ai tué Emma. Et vous, Laure ?

— ... Si Emmanuelle n'était pas au courant de cet héritage, Luc dit vous en avoir parlé. Il vous accuse d'avoir prémédité la mort de ma fille.

— Insensé !

— Vous aviez prévu de vous partager cet argent tous les deux, n'est ce pas ?

— Vous divaguez !

— Il vous a piégé !

— Si tant est que cette comédie soit vraie, comment pouvez-vous penser une seconde que j'aie pu être consentant dans une telle affaire ?

Laure mit trop de temps avant de répondre.

— ... Je ne pense plus qu'à cet enfant, que l'on peut encore sauver si nous le retrouvons avant lui ! souffla-t-elle.

— Je ne comprends rien, je ne comprends rien, gémit Chris, adossé contre la plaque vitrée.

— Luc ne vous pardonne pas d'avoir tué Emmanuelle avant qu'elle ne lui ait avoué où était leur enfant.

— Invention ! Tout est pure invention !

— Après avoir éliminé Emmanuelle, son but était de récupérer le petit pour se faire reconnaître en tant que père et l'éliminer à son tour. Vous ne comprenez donc rien ?

Abasourdi, Chris sentait la peur de son crime revenir au galop.

26

Il resta prostré de longues minutes dans la cabine téléphonique à buter sur une question obsédante. Qui bernait qui, dans cette histoire de fous ?

Mais ses incertitudes n'empêchaient pas son dégoût de lui-même de recommencer à sourdre au fond de ses entrailles. Il le sentait, fluide et visqueux, serpenter à travers ses organes, comme une lente hémorragie.

... Lorsque Chris s'était enfin arraché du miroir, ce 11 avril... Il était revenu dans la chambre et s'était approché de sa jeune femme. Une immense émotion l'avait submergé, tandis qu'il s'était penché au-dessus d'elle pour écouter son souffle.

Sans bruit il avait ouvert le tiroir de sa table de nuit. A travers ses larmes, il avait vu les somnifères ainsi que la boîte dont Luc lui avait parlé ; une petite boîte, si innocente, si quelconque, mais tellement importante pour Emma. « Il n'y a que cela qui puisse calmer ses douleurs pour l'instant »...

Il se revit en train d'écrire, et les mots se mirent à surgir de sa mémoire, comme un début de litanie.

« … 17 avril, 23 heures

Voilà une semaine bientôt que je connais la vérité. Pas un instant je n'ai pensé à autre chose.

Les jours passent et le miracle que j'attends ne se produit pas. Que puis-je espérer de toute façon ?

Ma vie a basculé ce fameux jour !… Je n'ai trouvé que ce moyen pour créer ce soutien dont j'ai besoin : un courrier, un confident… »

Soudain Chris jeta ses doigts sur le combiné et les touches. Il tenta à plusieurs reprises de rétablir le contact avec Laure, sans succès, s'énervant à entendre les lancinants sons de la ligne encombrée.

Une étrange nervosité ne le quittait plus. Au bout d'un quart d'heure, il se décida. A travers la circulation fluide, il fut rapidement aux abords de chez Laure et renvoya le taxi dans la nuit.

Il sonna inutilement sur l'Interphone sans se départir de ses craintes. Le silence régnait, les lumières se faisaient rares sur les murs gris. Il repéra la fenêtre. Il allait entamer l'escalade des deux balcons inférieurs quand un couple arriva. Il s'approcha naturellement de lui, en faisant cliqueter un trousseau. Un merci plus tard, il s'engouffra dans l'escalier en colimaçon.

Sur le palier, la porte entrouverte de Laure le surprit. Il la poussa doucement. L'appartement était plongé dans l'ombre et le silence. La main glissant le long d'un mur, Chris pénétra dans le couloir, puis dans le salon, en appelant à voix basse. Un gémissement l'alerta. Le cœur étreint, il regarda à terre et devina un corps allongé. Il se pencha et reconnut Laure, le visage face au tapis, auprès d'une table basse renversée.

Il jura et se releva pour chercher un interrupteur, mais une voix faible l'arrêta.

— N'allumez pas !

Elle parlait de la même voix sourde qu'elle avait eue au téléphone.

— Que s'est-il passé ?

Il s'agenouilla pour délicatement la retourner sur le dos.

— Vous êtes blessée ! s'exclama-t-il en ramenant vivement sa main poisseuse.

Il sentit son propre sang se mettre à bouillonner dans ses veines et cogner à son front. La peur entrait en lui, hôte vulnérable assailli de mystères, chassant tous ses repères et le faisant trembler d'un début de fièvre.

Il se redressa, renversant un tabouret dont le bruit de la chute renforça son épouvante.

— On avait raison, chuchota Laure.

— Ne parlez pas, ne bougez pas ! lui intima Chris en venant glisser un coussin sous sa tête.

Il s'habituait à la pénombre. Il chercha le téléphone, qu'il savait être tout près, pendant qu'elle poursuivait :

— Ils ont bien eu un enfant. Il m'a crue morte ! Pour un médecin, ce n'est pas très fort, fit-elle en gloussant, et Chris ne sut si c'était de souffrance. Il est revenu pour recommencer à fouiner dans mes papiers, toujours persuadé que je savais où se cache l'enfant.

Elle avait parlé d'une traite, le souffle court, tandis qu'il découvrait les fils du téléphone arrachés de leur prise.

— Il vous faut un médecin !

— Ça va, ça va, ce n'est rien. Nous avions raison !

— Moi, je ne savais rien, Laure, se défendit Chris. Je crois de toutes mes forces que je ne savais rien, et que la mort d'Emma est, hélas, accidentelle.

Le visage de sa belle-mère se détourna.

— Il a longtemps été persuadé qu'elle avait avorté en Angleterre, mais un jour Emmanuelle lui a avoué qu'elle n'avait jamais réussi à faire ce geste. C'est d'ailleurs pour cela qu'elle ne supportait pas l'idée d'adopter un enfant alors qu'elle avait abandonné le sien. Vous comprenez mieux ses réticences à ce sujet ?

— Comment a-t-elle pu continuer à avoir des relations avec lui ?

— Elle craignait qu'il ne vous dise tout. Méfiez-vous de lui. Il va retrouver l'enfant, faire valoir ses droits avant de le supprimer à son tour.

Elle se mit à tousser et ses mains se crispèrent sur son ventre.

— Je vais chercher des secours ! fit Chris en sautant sur ses pieds.

— Non !

Le cri de Laure se perdit dans un râle. Chris bondit

vers un interrupteur et resta figé devant le spectacle de sa belle-mère en train de cracher du sang.

— Il vous faut des soins !

La tête aux cheveux argentés s'inclina sur la gauche en un mouvement définitif, et les yeux se révulsèrent.

Le tremblement de Chris s'accentua. Il venait d'apercevoir le couteau fiché dans l'abdomen.

Sur le point de vomir, il se précipita au-dehors.

Lorsqu'il revint, accompagné de deux policiers, il ne la trouva plus. Il crut qu'elle avait repris connaissance et s'était traînée jusqu'à sa chambre, mais l'appartement était vide, sans plus aucune trace de sang ni de lutte. Les policiers se mâchouillaient les lèvres en se lançant des regards entendus.

Une angoisse serra la poitrine de Chris et ses gestes se ralentirent d'eux-mêmes. En ayant déclaré à la police l'agression de Luc Leroy sur la personne de Laure Freymond, il avait tout dit. Que rajouter de plus, qu'il saurait expliquer ?

— On sait que vous avez subi un choc, monsieur, dans votre accident, le contra gentiment un policier.

— Comment le savez-vous ?

— Le docteur Leroy nous a appelés, il y a moins d'une heure. Il nous a expliqué votre traumatisme.

Au même instant, des voisins se profilèrent sur le seuil pour déclarer que leur voisine était partie la veille en vacances, que tout allait bien, mais que ce n'était pas la première fois que monsieur, ici présent, importunait leur amie.

— Vous voyez bien, reprit le policier avec la même gentillesse contrite. Allons, rentrez chez vous.

Chris fut accompagné jusque dans la rue noire par des mines ironiques et menaçantes.

27

Il rentra chez lui, le cerveau aussi mou qu'une éponge. Il avait beau se presser le front à deux mains, n'en sortait qu'un seul désir : dormir.

Enfin, timides et incertaines, de courtes vagues de lucidité recréèrent en lui quelques velléités.

Qui bernait qui, dans cette histoire de fous ? La même question se reposait à lui, inlassablement.

Laure, morte, assassinée... n'avait pas pu disparaître ainsi... La surveillance dont elle se disait être l'objet... Ses propos, que sa mort imminente rendaient crédibles... L'influence de Luc Leroy, qui dépassait son entendement... Il ne comprenait rien à rien, tout comme il ne s'expliqua pas ce qui lui tomba dessus lorsqu'il eut franchi sa porte.

A peine repoussée, celle-ci lui échappa des mains et claqua en se refermant, tandis qu'une masse l'aplatissait à terre.

La lutte dura peu, et Chris eut très vite le dessous, surpris par l'attaque et trop faible encore. Une douleur aiguë le fit gémir, comme si la pointe d'un couteau lui avait percé le flanc. Il lança ses ongles désespérés en avant pour s'accrocher au visage qu'il devinait dans le noir. Mais un coup de genou violent le fit se plier en deux et il perdit toute notion de la réalité.

Lorsqu'il reprit conscience, l'ombre le cernait toujours, menaçante, coupée par un filet plus clair qui se frayait un chemin sous la porte fermée. Il était allongé sur le carrelage du couloir, et il tremblait de la tête aux pieds, un froid progressant dans ses membres.

Il découvrit entre ses doigts crispés un objet mou, souple comme un gant de cuir et, tout contre lui, qui lui meurtrissait les côtes, un objet métallique : un trousseau de clés, panoplie de cambrioleur. Il l'enfouit au fond de sa poche et laissa la douleur abdominale se calmer avant d'essayer de se relever. Mais il fut obligé de ramper jusqu'au salon où il se laissa choir, à bout de forces, sur le tapis.

Ses yeux fouillant la pénombre, il put constater le désordre effarant qui régnait dans la pièce. Tout avait été retourné, renversé, balancé. Des papiers jonchaient le sol. Avec difficulté, il alla allumer un abat-jour.

Que cherchait-on ? Qu'avait-on trouvé ? Il tournait et retournait entre ses mains le gant de chevreau, et le reconnut pour être celui de Luc.

Il réfléchit, se mit à la place de l'intrus qui avait osé s'introduire chez lui pour le déposséder... mais de quoi ? Luc était-il venu, comme chez Laure, s'approprier quelque adresse ?

Et l'idée lui arrivait en même temps, l'idée de

s'être trouvé dans une situation analogue... la situation inconfortable de celui qui cherche en vain... Alors il força sa pensée à replonger dans cet instant qu'il se souvenait tragique... qu'il revivait, la gorge nouée, les aisselles humides... Il ressentait au fond de lui un bouleversement, un anéantissement... le début de sa propre mort...

... La panique m'a jeté hors du lit ! Me retenant de hurler ton nom, je me suis précipité. En deux bonds silencieux, je suis arrivé dans le salon, où ton ombre se profilait contre la baie. J'ai pilé ! Sentant confusément, dans le désordre de mes gestes, qu'il fallait que je me calme !

Le temps s'est arrêté quelques secondes... Luttant contre ma volonté, j'allais me retirer quand un bruit particulier a retenu ma fuite ; un froissement de papier... suivi d'un glissement furtif. Ton ombre s'était effacée de la baie...

Sous le tapis ! Chris se rappelait ! Il avait fait ces gestes-là.

Le cœur battant à tout rompre, il souleva les poils de laine... Sagement aplatie sous sa cache, l'enveloppe le surprit à peine.

Ses doigts ramenèrent le pli fermé qu'il décacheta d'un coup sec. Vif fut son étonnement de lire le nom de Céline Villat sur des dizaines de cartes de visite !

Dans un état de nervosité extrême, il alla chercher le sac d'Emma, dans lequel il avait vu les mêmes cartes sans s'appesantir sur les nom et adresse. Il les compara : « Céline Villat – Voyance - Astrologie - Tarot ».

Un étourdissement bloqua à nouveau sa réflexion. Il s'assit. Trop d'éléments entraient en lui, tourbillonnaient, se percutaient pour le détourner d'idées sensées ou pour les compliquer.

Il ne voulait plus attendre, poussé par une peur nouvelle, pressé de contrôler deux choses essentielles avant d'adhérer aux propos de Laure.

Il repartit dans la nuit héler un taxi en maraude.

Sa première visite fut pour Luc. Il perdit du temps à faire fonctionner les passes du trousseau qu'il s'était approprié, mais la rue était déserte et personne ne le dérangea dans sa manœuvre.

La porte du cabinet, elle aussi, ne résista pas longtemps, et Chris se faufila à son tour chez son propre cambrioleur. Muni d'une lampe torche, il s'approcha du bureau et fouilla aussitôt sous le sous-main, persuadé de récupérer le bristol compromettant. Rien. Il ouvrit tous les tiroirs. Toujours rien.

Le faisceau s'accrocha au verre transparent d'un cendrier et Chris se raidit. Il prit le lourd objet entre ses doigts et le fit tourner sur lui-même en lisant à voix basse : « Cambridge Hotel - London ». Il n'avait jamais fait ce rapprochement étrange : Emma et Luc possédaient, sans s'en cacher, le cendrier d'un même hôtel anglais.

Il chercha les dossiers médicaux dans le bureau de l'assistante. Il trouva celui d'Emma. Vide. Il ne s'éternisa pas, pressé maintenant de passer au second acte.

Cours Saint-André, il répéta la même opération, l'œil et l'oreille aux aguets. Il se retrouva bientôt dans le hall de l'immeuble, à sonder du rai de sa torche les plaques de cuivre sur les boîtes aux lettres. Il immobilisa le faisceau sur l'une d'elles tandis que l'incompréhension le happait de nouveau ; le « Céline Villat - Voyance - Astrologie - Tarot » semblait le narguer.

Poussé par une volonté farouche, il franchit les volées de marches, malgré l'heure indue et la probable inutilité de sa démarche. De la lumière s'échappait de dessous la porte.

Il s'approcha sans bruit et se plaqua contre le battant clos. Lointaines et sourdes, des bribes de voix filtraient jusqu'à lui.

Il resta de longues secondes indécis, et finalement s'assit sur la dernière marche du palier, recroquevillé contre le mur, incapable de pousser plus loin ses réflexions. La fièvre le faisait frissonner. Ses dents claquèrent. Il les serra plus fort.

Il dut s'assoupir ; un bruit de pas le sortit de sa torpeur ; il vit des formes pressées passer devant lui, comme des fantômes ambulants, et disparaître dans l'escalier.

La porte en s'ouvrant l'avait aspergé d'une clarté blafarde. Il clignait des yeux tout en fixant son regard sur la masse voûtée qui l'examinait.

— Vous venez consulter ? fit une voix de femme.

— ...

— Entrez.

Et la femme se détourna, s'engageant dans un couloir étroit où planait une odeur entêtante, presque envoûtante. Il se leva et la suivit, guidé par un obscur désir, jusque dans une petite pièce éclairée d'une multitude de bougies. Les flammes vacillantes jetaient sur les murs nus des êtres difformes. Le malaise s'amplifiait en Chris.

— Ne dites rien, fit la femme.

Elle avait l'air d'une sorcière heureuse, son visage respirait la bonté malgré ses traits torturés. Ses yeux surprirent Chris, vifs et mobiles comme ceux de l'aigle, plongés dans les siens à la recherche de sa conscience.

— Vous avez tardé à venir. Vous avez des questions plein la tête.

Chris était frappé. Dans un état second, il obéit à son geste et s'assit à la table, face à elle qui poursuivait son examen attentif. La voix revint entre eux, comme un écho rocailleux.

— Je vois des problèmes d'argent... d'enfant... de mort.

— ... De mort ?

— Votre femme.

Il approuva de la tête, un spasme dans la gorge.

Sans le vouloir, il perdait peu à peu ses ultimes défenses. Quelque chose en cette femme brisait des chaînes inconscientes, restes de sa personnalité tronquée, et curieusement semblait alléger son supplice. Les couleurs mêmes, qui lui avaient jusqu'ici fait défaut, paraissaient se ranimer en ces murs pauvres, dans le reflet des lumières.

— Parlez-moi d'elle..., implora-t-il.

— Il est trop tôt.

— Mais...

— Il est trop tôt. Laissez-la s'extraire de notre

monde et priez pour elle. Les gens ne se soucient toujours que de leur avenir, pas de leur éternité, fit-elle doucement.

— ... Parlez-moi de sa mort.

— ... Votre pénitence est de lui survivre.

— Et... l'enfant ?

Elle hocha la tête.

— Est-il à Villard-de-Lans ?

Pourquoi avait-il dit ce nom ?

Elle acquiesça.

Chris avait l'impression de régresser, de se recroqueviller tel un fœtus, pour retrouver la paix en abandonnant sa réalité. Il avait pourtant une dernière question à poser :

— L'argent ?

— Il vous en fallait. Pour elle.

28

Chris reprit le chemin de l'aéroport. Il savait ce qui lui restait à faire.

Son cœur l'appelait dans la petite forêt, transporté par un amour nouveau, un étrange amour indicible.

Revenu dans le sentier sauvage aux cailloux coupants, ses dernières incertitudes fondirent par magie.

Et quand il le revit, angelot aux boucles brunes, négatif absolu de sa mère, l'évidence abattit ses cartes. Comment avait-il pu ne pas se rendre compte ? Comment une telle ressemblance avait-elle pu lui échapper ? Les yeux noirs mangeaient un front immense, mi-frondeurs, mi-sérieux, et la bouche aux lèvres sensuelles gardait en son pli un amusement moqueur.

Un mélange de sentiments tous plus divers les uns que les autres prit son cœur à partie. L'amour ne s'embarrasse pas de faux-semblants. Si Emma lui avait fait confiance, il aurait accepté cet enfant dans leur vie.

Tout à sa rêverie silencieuse, face au petit immobile, il n'avait pas vu se profiler sur sa droite la menace d'une ombre. Ce fut le tressaillement de Raphaël qui le ranima.

Il tourna la tête pour se trouver nez à nez avec Luc ! Alors, tous les doutes encore accrochés aux dernières affirmations de Laure ne tinrent plus devant la menace explicite.

De son ancien ami s'échappait la détermination la plus froide, la plus totale, que Chris eût jamais lue dans un regard humain. Son instinct lui dicta la seule chose possible : gagner du temps ! En hurlant à l'enfant de fuir, il se jeta contre Luc. Mais Luc le géant fut plus fort que lui, une nouvelle fois.

Chris se sentit entrer dans ce qu'il croyait être le commencement de sa fin. Il tomba, la poitrine oppressée, sous le genou de l'ennemi.

Mais avant de s'évanouir, son regard se fondit dans celui de son agresseur… Ils se jaugèrent, se fouillèrent, se rejoignirent inexplicablement dans une espèce de douleur commune, comme… Un flash l'aveugla !

… Désespérés, les deux amis se regardaient. Luc avait l'avantage de connaître la situation depuis le début et son verdict anéantissait Chris.

« Voilà, tu sais tout. Elle est perdue. Le scanner est sans appel. Elle n'a plus que quelques mois à vivre et elle le sait.

— Mais… »

Luc leva la main pour le stopper et l'affronter.

« Je sais ! Ça te paraît inconcevable ! Insupportable ! Crois-moi, je sais… J'aime Emmanuelle, tu ne l'ignores pas. Depuis des mois je lutte contre l'envie de tout te dire, car elle a besoin d'aide même si elle refuse toute sollicitude.

— Mais je suis son mari, tout de même ! Je…

— Arrête ! C'est justement pour cela qu'elle m'a fait jurer le silence. »

Luc s'était levé tout en parlant et serrait ses poings l'un contre l'autre. Il arpentait la pièce en cherchant ses mots. Il connaissait la fougue de Chris, toute sa sensibilité cachée. Sa douleur le touchait d'autant plus qu'effectivement ses propres sentiments pour Emmanuelle ne dataient pas d'hier. Bien qu'elle ne lui ait jamais laissé la moindre illusion, il avait espéré longtemps qu'ils feraient un bout de chemin ensemble. Il avait eu ses chances, mais le destin est souvent capricieux. Aujourd'hui, le tour qu'il leur jouait était abominable.

Effondré, le front entre les mains, Chris luttait contre une envie de vomir. Des larmes plein les yeux, il voulait comprendre, savoir pourquoi Emma l'écartait de ce drame qui les touchait tous les deux. La voix de Luc lui parvint, sourde, hachée.

« Elle t'aime par-dessus tout. Elle te préserve encore. Elle ne veut surtout pas de ta pitié.

— De ma pitié ? »

Chris avait bondi. « De ma pitié ? répéta-t-il. Mais bon Dieu ! Je l'aime ! Elle est toute ma vie ! Tous mes sentiments pour elle ne sont que passion ! Je l'aime ! Elle le sait bien ! »

Luc repoussa lentement son ami vers le fauteuil qu'il venait de quitter. Le regard plongé dans le sien, il laissa peser ses mains sur ses épaules.

« Justement, dit-il doucement, justement. Elle ne veut pas que cela change.

— Pourquoi cela devrait-il changer ? »

Luc se redressa et se dirigea vers la fenêtre.

« Elle ne veut pas courir ce risque.

— Comme elle ne veut pas courir celui de l'opération ?

— Oui. »

Chris se mit à tambouriner sur le bureau du plat des deux mains.

« Bon sang ! C'est tout de même incroyable que l'on ne puisse rien tenter ? Je trouverai l'argent nécessaire, je trouverai tout l'argent qu'il faudra... Si j'arrivais à la convaincre, combien de chances aurait-elle de s'en sortir ? »

La voix de Chris frémissait. Luc craignit la crise. Mais la voix reprit, passionnée, mendiant quelque espoir.

« Combien ?

— En tant que médecin je te réponds : pratiquement aucune. Les spécialistes qu'elle a vus dernièrement sont encore moins optimistes que moi. La zone est inabordable. »

Luc revint à son bureau. « Voici la lettre du professeur Simons, un des plus compétents en la matière à l'heure actuelle. Il était de passage dans notre ville la semaine dernière. »

Accablé, Chris lut le compte rendu, sévère par sa brièveté et son contenu.

« Emmanuelle a été ferme sur ce point. Très courageuse, elle a toujours voulu savoir et connaître l'évolution de sa maladie. Elle refuse toute intervention, qui ne peut que précipiter les choses, la détresse et l'hôpital. Elle veut vivre ses derniers mois comme avant, jusqu'au bout, et nous faire conserver d'elle cette image que l'on aime... Et puis, il y a toi... Elle a si peur que tu ne sois plus pareil.

— Plus pareil... »

Chris avait été sur le point de hurler.

« Je ne suis déjà plus le même, murmura-t-il péniblement. Comment vais-je pouvoir jouer la comédie de l'homme heureux alors que...

— Et elle ? s'emporta Luc en se frappant la poitrine d'un poing rageur. Comment fait-elle depuis des semaines ? Comment fait-elle pour vous cacher à tous cette horreur, à toi en particulier ? Et pour moi ? Pour nous autres, médecins, la frustration n'est-elle pas terrible de reconnaître notre impuissance ? Et ce cas-là, justement... »

En voyant les larmes noyer les yeux de Luc, Chris retint des insultes.

« Souffre-t-elle beaucoup ?

— Pas vraiment. Pas encore. Mais des vertiges l'incommodent et ses migraines sont bien réelles. La tumeur se développe rapidement et fatalement comprime de plus en plus les centres vitaux. »

Chris ferma les yeux et serra les mâchoires.

« Je reviens à la douleur : pourra-t-elle la supporter ?

— Oui, si elle consent à prendre ce qu'on lui prescrira en temps voulu. Pour accepter un traitement, il faut accepter la maladie. Pour l'instant elle ne tolère que des somnifères, pour dormir et conserver un peu de tonus dans la journée, ainsi que des antalgiques purs pour calmer ses maux de tête. D'ici peu, elle aura besoin de dérivés morphiniques.

— Mais à un certain stade cela ne sera plus suffisant. Je refuse sa souffrance !

— C'est là que tu interviendras. Elle sait très bien ne pas pouvoir te cacher son mal longtemps encore. A ce moment, tu pourras la convaincre, je te le souhaite, car il n'y aura qu'une hospitalisation à envisager. Sois courageux, Chris, une autre épreuve t'attend après celle de feindre la tranquillité. Des signes périphériques vont apparaître : paralysie du bras par exemple... accompagnés de troubles de la conscience... de la parole... Déjà sa vue s'est dégradée, même un port de lunettes n'y changerait rien. Et elle peut... elle peut... »

Luc eut du mal à sortir les mots fatals. « Elle peut s'en aller brutalement d'un arrêt cardiaque ou respiratoire... Quand elle m'a demandé si elle allait mourir, je n'ai pas trouvé les mots... j'ai détourné la tête... »

Chris se massa le visage de ses deux mains. Il n'arrivait pas à chasser la boule au fond de sa gorge.

« Où est-elle ? Je suppose que tu connais mieux que moi son emploi du temps.

— Elle n'est pas allée à l'école depuis deux jours. Sur mes conseils, elle assiste à des cours de sophrologie. C'est un moyen pour calmer ses angoisses et, de là, mieux supporter ses douleurs. As-tu remarqué un changement dans sa façon d'être ?

— Oui. Depuis quelque temps. J'aurais dû réagir.

— Qu'aurais-tu pu faire ?

— La questionner davantage ou t'interroger toi-même lorsque j'ai découvert les médicaments. Ce n'est pas le genre d'Emma de prendre ces trucs-là. J'aurais dû m'inquiéter, mais elle a réussi à me convaincre, et... comment imaginer ? »

Les mains ouvertes en quête d'espérance, Chris baissa la tête pour finir : « Au lieu de cela, j'ai été jaloux de toi comme un crétin, en particulier ce fameux jour où tu souhaitais l'avoir au téléphone. »

Luc sourit tristement et hocha la tête. Alors Chris se mit à parler. Jamais il ne se serait cru capable de verser, même dans l'oreille d'un ami, un gramme de sa vie privée, encore moins de ses émotions. Mais il raconta tout à Luc, ses surprises, ses inquiétudes, ses doutes, ses questions maladroites, et sa vaine attente. Implacables, ses remords alourdissaient sa détresse.

Luc l'écouta sans l'interrompre lui récapituler par le détail ses dernières semaines, pénétrant dans le cœur de son ami pour l'en aimer davantage et le plaindre.

« Une attitude absolument immature, conclut Chris. Désorienté par celle d'Emma, j'ai été à côté de la plaque depuis le début, tout d'abord incapable de me déconnecter de mon travail pour sentir le drame, et ensuite m'enfermant dans des suppositions débiles, incapable là encore de raisonner juste. Pourquoi tous les sentiments nobles sont-ils reliés à d'autres aussi vils que la suspicion ? On ne s'arrête jamais sur des catastrophes... qui ne peuvent arriver qu'aux autres, n'est-ce pas ?... Comment ai-je pu être aveugle, me laisser abuser à ce point ? Son goût soudain pour l'Histoire m'a trompé, je comprends toute la ruse de son air studieux ! J'en ai été rassuré ! Si cela n'avait pas été le cas, j'aurais sans doute remarqué qu'elle ne tournait pas les pages de ses livres ?...

— Ne t'accable pas plus, dit doucement Luc, la jalousie fait tellement partie de l'amour... Pense qu'elle n'aurait pas supporté ta clairvoyance... J'attendais tes questions puisque je lui avais promis de ne rien te dire. Maintenant c'est différent. L'autre soir, au téléphone, je voulais lui demander de me rejoindre. Je souhaitais qu'elle voie le professeur Simons, qui avait bien voulu pour moi l'examiner dans le cabinet d'un de ses confrères. J'avais décommandé tous mes patients. Tu es rentré trop tôt, je n'ai pas osé la rappeler et retomber sur toi, l'examen a eu lieu le lendemain. J'ai gardé toutes les radios depuis le début ainsi que les résultats d'examens et d'analyses, comme elle l'a souhaité. Tu peux en prendre connaissance... »

29

Chris aspira avec difficulté une autre goulée d'air. Il sentit ses sens se ranimer et se prépara à poursuivre l'affrontement jusqu'à la limite de ses forces. Luc ne lui enlèverait pas ce qui lui restait d'Emma.

Dans un incroyable effort, il rouvrit les yeux et vit son agresseur toujours le dominer, mais la sollicitude qui débordait de ses yeux le désarçonna.

Des voix… des murmures se faufilaient à travers ses nuages…

— Il revient !

Chris lutta contre la lourdeur de ses paupières, de son cerveau, de son corps tout entier qui paradoxalement semblait s'alléger d'instant en instant. Ses yeux dépassèrent le visage penché sur lui et se fixèrent sur un plafond éclairé de néons trop lumineux.

— Il revient !

Et tandis que les éléments du puzzle se mettaient en mouvement pour lentement se réinsérer à leur place, des sanglots étouffés lui parvinrent. Il lança ses yeux sur le côté et vit deux têtes se relever de feuillets dont elles se partageaient la lecture.

Soudain, dans un éclair de conscience vive, il reconnut les pages blanches.

Ses yeux revinrent sur Luc qui poursuivait son examen inquiet et lui pressait les doigts pour l'aider à s'extraire des brumes de son coma. Alors, la litanie commencée un peu plus tôt dans sa tête jaillit comme un vomissement qui n'en finit plus.

Et même s'il ne comprenait pas encore ce que ses notes faisaient entre les mains des deux femmes, il se mit à en réciter dans sa tête les premiers mots, qu'il connaissait par cœur.

Toutes les notes qu'il avait écrites, tenues comme un journal, tous ses mots sortis d'un profond besoin de s'épancher se réécrivaient sur le mur blanc, le libérant de son amnésie.

30

17 avril, 23 heures

Voilà une semaine bientôt que je connais la vérité. Pas un instant je n'ai pensé à autre chose.

Les jours passent et le miracle que j'attends ne se produit pas. Que puis-je espérer de toute façon ?

Ma vie a basculé ce fameux jour.

Luc m'a accompagné chez deux de ses confrères, spécialistes en neurologie. J'ai tout appris sur le cancer qui ronge Emma. Leur verdict commun a confirmé plus que nécessairement ce que je refusais de croire.

Une visite à l'hôpital et un entretien avec le professeur Glaine, conférencier à l'université de Paris sur les maladies du cerveau, ont achevé de me convaincre qu'Emma avait toutes les raisons de refuser l'opération. Elle n'a pas une demi-chance sur mille de s'en sortir.

Tu vas bien, ma chérie, aujourd'hui, je te trouve la mine plus reposée. Ces cours de sophrologie semblent t'apporter une certaine sérénité.

L'affliction que je ressens m'est d'autant plus difficile à supporter que je dois jouer un rôle. Un rôle qu'il ne me plaît plus de tenir. Et pourtant, si cela peut prolonger un peu ton bonheur – celui de me croire heureux –, je veux bien l'assumer et rire pour te faire rire encore. Amortir la violence de ma douleur par le souvenir de mes joies.

Quand je te vois vivre, je ne pense qu'à demain sans toi. Les premiers jours, quand tu me racontais ton travail à l'école, je t'écoutais mais j'étais obsédé par le mal qui t'emporte.

Je scrute sans cesse ton visage, pour voir ce qui s'est cassé un peu plus en toi. Je dois faire attention. J'ai remarqué ta surprise lorsque je rentre tôt ou bien lorsque je fais s'éterniser les repas du soir pour le seul plaisir de t'entendre, de t'entendre encore.

Je t'entends sans t'écouter vraiment. Ta voix est douce comme le miel. Comment fais-tu, mon Dieu ? Où prends-tu ce courage de faire semblant ?

Tes rires, si rares, trop rares, me font mal à présent. La fossette sur ta joue droite se creuse sous tes sourires. J'avais oublié mon plaisir de la caresser doucement.

Une ride s'est installée au milieu de ton front

et tu plisses les yeux. Quand tu as évoqué tes problèmes de vue, je t'ai proposé de t'accompagner chez un spécialiste. Comme tu hésitais, je t'ai laissé entendre que j'étais assez disponible en ce moment. Sandra en sait suffisamment pour organiser mon emploi du temps en fonction de toi. Je vais me libérer plus tôt, chaque jour. Sans trop te surprendre.

Ma femme… mon tendre amour ! C'est toi et ton merveilleux courage qui me donnez la force de tenir.

Je n'ai trouvé que ce moyen pour créer ce soutien dont j'ai besoin : un courrier, un confident. Car je tiens à ce que personne ne change d'attitude vis-à-vis de toi. Je veux respecter ton souhait.

31

19 avril, 23 heures

Charles et Sophie sont venus me voir au bureau. Ils achètent cette maison que nous avons visitée l'an dernier, à Saint-Jean-de-Luz, et pendent la crémaillère courant juillet.

A ce sujet, Sophie m'a dit t'avoir annoncé la nouvelle par téléphone. Elle est restée un instant silencieuse et, après avoir jeté un coup d'œil à Charles, a poursuivi, nerveuse : « Je trouve Emmanuelle bizarre ces derniers temps. Chaque fois que je l'appelle, elle ne peut se libérer pour me rejoindre en ville, comme nous en avons l'habitude. Je sais combien ses petits handicapés l'accaparent, mais, enfin, elle n'est pas tous les jours de garde à la cantine scolaire ? Chris, tu me rassurerais si tu me disais qu'elle n'a rien à me reprocher. J'avoue être surprise et vexée. Elle a paru emballée par notre fête de juillet et a confirmé votre présence, sans t'en avoir parlé.

Par contre, elle a refusé de m'accompagner dans les magasins pour m'aider à choisir les tissus d'ameublement, les lustres et tout le reste, alors que nous savons tous qu'elle adore cela et qu'elle a un goût très sûr. Elle ne veut même pas venir au cinéma voir le dernier Scorsese dont nous attendions la sortie. Ses excuses sont un peu de fatigue et beaucoup de contraintes. On dirait qu'elle ne tient plus à me voir, d'ailleurs je ne suis pas la seule, Pascale et Nancy se posent les mêmes questions. Il n'y a qu'au téléphone que nous arrivons à la joindre et à lui voler un peu de temps. A croire qu'elle a contracté une maladie de peau qui la défigure. »

Elle n'a pas su qu'elle brûlait au jeu des devinettes. Elle n'a pas entendu les battements sourds de mon cœur.

Acceptant de protéger ta retraite, je l'ai rassurée. Dès juillet, tout rentrerait dans l'ordre, et nous serions les premiers à nous réjouir de les retrouver à Saint-Jean-de-Luz.

Après leur départ j'ai pris conscience d'une manière encore plus forte de la vaillance qu'il te fallait pour faire face à la réalité quotidienne. Ton terrible secret t'oblige à te battre deux fois plus contre un découragement inévitable. Je comprends que tu redoutes un tête-à-tête avec Sophie. Trop perspicace, curieuse et dévouée, très vite elle soupçonnerait une cause exceptionnelle à ton manque d'allant, à ta santé brusquement fragile. Connaissant ton attachement pour notre amie, je sais combien te coûte ton choix d'annuler vos rencontres. Cacher tout cela à une personne telle que Sophie demande un déploiement d'efforts que tu préfères garder pour moi.

La révolte me gagne de jour en jour. Seigneur ! Quelle dette as-tu à payer, mon Emma ? Au nom de quoi ? De qui ? Je suis prêt à vendre mon âme au diable, pour sauver ta vie. Mon impuissance m'étouffe.

Comment peux-tu croire que je suis insensible aux changements qui s'opèrent en toi ? Même si la maladie n'en était pas la cause, penses-tu sincèrement que je ne percevrais pas la transformation de ces mille riens qui me lient à toi ?

Je veux agir, Emma, tendre Emma. Je veux t'aider. Livre ta peine. Que ta confiance me permette d'alléger cette offense. Que notre amour soit préservé dans cette épreuve. Laisse s'exprimer le mien, je t'en prie !

32

21 avril, 23 heures

Tu es allée chez un ophtalmologue sans m'en parler. Je sais que ton mal est inscrit dans le fond de ton œil. Avais-tu peur des questions du spécialiste en ma présence ?

Ce soir tu m'as proposé d'aller choisir avec toi la monture de tes futures lunettes.

La fraîcheur de l'air teintait tes joues d'un rose délicat. En passant devant une bijouterie, tu t'es arrêtée, m'as ordonné en souriant de t'attendre. Lorsque tu en es ressortie, tu cachais un paquet derrière ton dos, un petit paquet manifestement déjà prêt. Un cadeau tout enrubanné, que tu m'as tendu alors, les yeux brillants... trop brillants.

Sur la gourmette en or que j'ai sortie de son étui, cinq mots étaient gravés à l'envers de la plaque : « A Chris pour la vie ». Dieu ! Quel effort terrible j'ai dû faire pour ne pas éclater en sanglots. Là ! Dans tes bras ! Au milieu de la rue... Pour la vie ! Pour la vie qui me reste à vivre près de toi, mon amour ! Pour ma vie que je voudrais te donner...

Chaque seconde passée auprès de toi, je la vis, la déguste, je l'enfouis au cœur de ma mémoire. Comme si je prenais photo sur photo, en prévoyant de développer tous ces instants de bonheur plus tard. Soif de voir, d'entendre, de toucher. Soif de présent pour vivre mon avenir incertain... Oh mon Dieu ! Quand je réalise que je prépare ta survie en moi, je deviens fou ! Est-ce une façon de m'aider, dans ce moment fatal, à supporter l'inévitable ? Je t'ai regardée, véritablement regardée, un peu comme on oublie de le faire lorsque l'on est habitué à vivre côte à côte. J'ai fait le vide dans ma tête : « Ne pense pas à demain... Vis l'instant présent, seulement l'instant présent... » Je bloque mes pensées. Je ne veux rien anticiper, rien imaginer ! Rien !

Comme tu étais belle à évoluer devant les glaces, une monture de lunettes à la main, l'autre sur le bout de ton nez. Ton nez ! Toute une histoire... Tu le trouves trop pointu, je te taquine en confirmant qu'il est vraiment trrrrès pointu. Te souviens-tu, mon amour ?

Ton tailleur gris moulait parfaitement ton corps souple. Les regards des clients étaient explicites : un beau brin, ma femme, un mélange de charme et de mystère, avec ce petit je-ne-sais-quoi de captivant par sa douceur discrète. Tes cils et sourcils noirs contrastent avec tes cheveux couleur d'orge mûre, aujourd'hui remontés en chignon, livrant ta nuque délicate. Depuis quelque temps, tu portes les bijoux que je t'ai offerts à diverses occasions. Tous.

Lorsque tu es revenue vers moi, avec plusieurs montures, j'ai cru remarquer un sourire forcé, un entrain trompeur, une fatigue au fond de tes yeux magnifiquement bleus ; plus bleus, plus sombres qu'à l'ordinaire, cernés d'une ombre inquiétante.

Le choix a été rapide. Ton visage convient à plusieurs styles de lunettes. Tu as refusé d'aller manger en ville, j'ai aussi préféré rentrer. A peine arrivée chez nous, tu t'es allongée sur le canapé, pâle, les narines pincées, avec une douleur lancinante dans la tête. Cachant ma peur derrière un sourire de commande, je t'ai prise dans mes bras pour t'emmener dans notre chambre. Ton absence de réaction m'a alarmé... Je me suis empressé de téléphoner à Luc.

Quand tu as repris connaissance et découvert la présence de notre ami, ton visage a frémi. Luc avait-il parlé ? Ce dernier aussitôt a calmé ton angoisse. « Emmanuelle est un peu surmenée. Je lui prescris quelques médicaments et du repos », a-t-il dit simplement.

Luc vient de me confirmer ce que je pressentais. Le mal progresse. Des malaises plus fréquents, tels que celui-ci, sont à craindre. Des analyses supplémentaires seraient souhaitables pour connaître la vitesse de l'évolution. Mais qu'y aura-t-il de changé au bout du compte ?

Je commence à comprendre ton point de vue, mon amour. Au plus profond de moi, même si mon cœur crie la révolte, je considère que tu as le droit de décider. Ton droit, ton dernier droit sur la vie !

Lorsque tu voudras me parler, je serai prêt à t'aider à supporter cette mortelle attente. Dans l'amour de notre union, la force et le courage de notre désespoir.

33

26 avril, 22 heures

Te savoir chez nous me rassure un peu ; je peux ainsi te téléphoner plusieurs fois, sans risquer de t'alarmer. Ma femme est fatiguée, je me fais du souci, quoi de plus normal ?

Je m'inquiète aussi de ce teint si pâle, de ce manque d'appétit qui s'aggrave de jour en jour. Tu ne peux plus répondre que cela va bien, ou mieux, puisque la lassitude se lit sur ton pauvre visage malgré tes efforts pour la cacher.

Ce soir… je suis encore ému et sens persister en moi un sentiment étrange.

Tu as eu recours à tes produits de maquillage et à un verre de whisky. Les joues rosies par le fard, les yeux rendus brillants par l'alcool, tu as joué ton rôle à la perfection.

Tu avais dressé une table de fête ; bougies, champagne, canapés de foie gras… les Bee Gees en sourdine... Tu m'as accueilli dans une ambiance de charme et de séduction.

Confusément, j'ai aussitôt cru qu'était arrivé l'instant où tu allais parler. J'ai retrouvé mon Emma et sa tendre complicité.

Aguichante, captivante, amoureuse... Ta robe noire, courte, révélait tes longues jambes. Le Nylon de tes bas crissait agréablement à mes oreilles. J'ai eu envie de toi très fort. Dans ton regard se reflétait le même désir. Tu t'es approchée de moi, tu m'as ôté le verre de la main pour le poser sur la table. Puis tu t'es installée sur mes genoux et tu as passé tes bras autour de mon cou. Tes lèvres chaudes ont effleuré mon oreille, déclenchant en moi mille petits fourmillements agréables.

De telles initiatives de ta part m'ont toujours émerveillé. Ton naturel timide, ta pudeur entravent tes démonstrations affectives. Ce soir, manifestement libérée, tu laissais ton désir l'emporter... Très femme !... Superbe !... Fabuleuse !

Ton regard noyé dans le mien, tu as retiré d'un lent geste provocant les épingles de tes cheveux, libérant un flot soyeux de boucles blondes. Tu as pris ma main, t'es levée, m'as tiré à toi pour m'entraîner vers le divan sur lequel tu m'as poussé tendrement jusqu'à ce que je sois allongé.

Tout en embrassant d'une bouche fiévreuse mon front, mes joues, mes lèvres, mon cou, tu as défait les boutons de ma chemise et tes mains ont relayé tes caresses en se promenant, impatientes et légères, sur ma poitrine, tandis que tes cheveux m'enveloppaient dans un voile de douceur.

Je ne bougeais pas, enfouissant ma misère morale pour savourer cet instant sublime, te laissant toute liberté.

Nous avons fait l'amour d'une façon nouvelle, étonnante, extraordinaire. J'ai découvert une autre femme ; déterminée et farouche à la fois, tour à tour maîtresse, possessive, dominante, sauvage... et puis douce... languissante... mais toujours attentive... à l'écoute de mon plaisir avant le sien... à l'affût de mes soupirs, prête à donner encore plus, toujours plus.

Tu m'as fait un don total de toi-même, dans la splendeur de ton corps, de mes rêves les plus fous et les plus hardis de toi.

La sueur roulait entre tes seins. Ta respiration était courte. J'ai voulu te serrer dans mes bras, te contraindre à rendre les armes un instant... Tu as refusé.

Mon malaise perdure. Après t'avoir portée sur notre lit et enlacée jusqu'à ce que tu t'endormes, je reste à réfléchir.

D'abord vague, un doute s'insinue en moi, pour me torturer de plus en plus. Tu m'as fait l'amour comme si... comme si tu avais voulu, par cette façon de te donner, laisser une empreinte au fond de moi.

J'ouvre le tiroir de la table de nuit... Les somnifères sont toujours là, la petite boîte aussi, le dernier remède prescrit par Luc, et... trois tubes de Valium ainsi que des euphorisants !

La stupeur me cloue sur place ! Je m'attendais aux euphorisants, qui expliquent ta pseudo-forme et ta lassitude après l'effort, mais... le Valium... Comment te l'es-tu procuré ? L'angoisse me noue l'estomac. Une transpiration insidieuse s'échappe de mon corps, et brusquement l'évidence éclate dans ma tête !

Aurais-tu prémédité ton suicide ? Ton attitude, ce soir, était-elle ta façon de me dire adieu ? Emmanuelle ! Te suicider ?

Je suis effondré ! J'avoue que cette idée ne m'avait pas effleuré. Comment expliquer mon désarroi devant une telle éventualité ? Tout mon être rejette cet aboutissement ! Oh mon Dieu ! Que puis-je faire ? Que dois-je faire ? La prescience d'un danger imminent tient en éveil toutes mes facultés.

4 heures

Inutile de chercher un oubli dans le sommeil. Cette nuit il me fuit.

Lorsque tu t'es levée tout doucement dans le noir, il y a deux heures de cela, je suis resté immobile, à l'affût de tes gestes.

Tu as ouvert le tiroir de ta table de nuit,

lentement, et puis tu es sortie de la chambre... L'oreille aux aguets, j'ai pu te suivre... couloir... salle de bains... Mon cœur s'est emballé... pas de bruit d'eau. Tu t'es dirigée vers le salon... non !... la cuisine ! J'ai reconnu le grincement de la porte du Frigidaire... le bruit cristallin d'un verre... Plus rien !

La panique m'a jeté hors du lit ! Me retenant de hurler ton nom, je me suis précipité. En deux bonds silencieux, je suis arrivé dans le salon, où ton ombre se profilait contre la baie. J'ai pilé ! Devinant confusément dans le désordre de mes gestes qu'il fallait que je me calme ! Le temps s'est arrêté quelques secondes...

Quand les battements fous de mon cœur se sont apaisés, j'ai reconnu dans le silence oppressant des sanglots contenus. Ta souffrance m'a fait mal !

Luttant contre ma volonté, j'allais me retirer quand un bruit particulier a retenu ma fuite ; un froissement de papier... suivi d'un glissement furtif. Ton ombre s'était effacée de la baie.

J'ai alors fait demi-tour et je suis retourné dans notre chambre. Là, j'ai allumé, toussoté, je t'ai appelée... j'ai traîné encore un instant... puis me suis avancé. Le salon était éclairé par l'abat-jour du bar. Tu te tenais dans le coin opposé. Le plus sombre. Je me suis approché, bâillant à grand bruit, au bruit d'une insouciance feinte. Pourtant, le comédien que je suis devenu a été bien près de craquer. Je t'ai pris la main pour t'attirer contre moi.

« J'ai mal à la tête, je ne voulais pas te réveiller. »

Blottie au creux de mon épaule, allais-tu enfin parler ? Te soulager ? Me considérer comme plus que ton amant de mari, comme un frère, un ami ? J'ai retenu mon souffle. Longtemps. Assez longtemps pour comprendre que cette nuit encore tu refuserais mon aide.

Je te regarde dormir dans ta solitude. Ma détermination grandit.

11 h 30

Je ne suis pas allé à la banque. Seul client de ce bar, je peux réfléchir et réfléchir encore. Ma décision est prise. Des congés me seront accordés.

Je ne peux plus limiter mon rôle à celui de spectateur passif. Tu as besoin de moi, mon tendre amour. Il n'est plus question de mentir ou de feindre. Les jours passent et mon impuissance me rend fou.

Pour moi aussi une lente agonie a commencé. Que crains-tu de moi, douce Emma, pour refuser notre dernière complicité ? Mon amour n'est-il pas assez fort ? Ne sens-tu pas que ma vie est la tienne ? Je veux te prouver toute la grandeur et la profondeur de cette passion qui n'a jamais failli. Ne m'ôte pas cette possibilité, sous prétexte de me préserver ; tu me rends deux fois plus malheureux.

Ces congés illimités me permettront de t'emmener en vacances quelque part, dans un endroit que tu choisiras, un endroit où tu seras bien, où nous serons à l'abri de la sollicitude de nos amis. Ta fatigue inquiète. J'use de mon manque d'entrain pour cacher le tien. Les copains se moquent gentiment de ce qu'ils croient être notre crise d'amoureux, et ta mère ne comprend pas pourquoi nous différons nos visites.

Etre à tes côtés maintenant est la seule chose qui me tienne à cœur. Je veux m'emplir de toi, t'insuffler ma vie, me fondre en toi.

Au creux de ma poche dorment les tubes de Valium. Ma chérie, il n'est pas encore temps d'abandonner ta lutte !

La suite logique de mes réflexions me ramène à cette nuit, à ta détresse, à... Tout à coup un détail me frappe ! Un détail qui me revient...

Il me faut rentrer chez nous !

20 heures

L'appartement était silencieux. Tu dormais encore.

Après avoir doucement refermé la porte de notre chambre, j'ai longé le couloir et me suis mis à l'endroit précis où le bruit avait capté mon attention. Sans savoir vraiment ce que je cherchais, je me suis positionné au centre du salon.

J'ai laissé mon regard courir dans la pièce, s'arrêter sur la table basse, continuer vers le bar, glisser sur les flacons et les bouteilles, effleurer les rideaux et leurs plis, le canapé, les fauteuils.

Mes mains se sont faufilées partout. Elles ont soulevé les coussins, les plantes, elles ont déplacé les livres de la bibliothèque, feuilleté leurs pages… Sans résultat ! Avais-je rêvé ? Ma certitude pourtant ne faiblissait pas ! Ce froissement, ce glissement… je ne les avais pas imaginés.

Immobile au milieu de la pièce, j'ai regardé de nouveau partout et nulle part, appelant l'inspiration… et mes yeux ont fini par se poser à mes pieds… sur le tapis… le tapis ! Et j'ai trouvé !

A l'abri des longs poils de laine, tu avais glissé une enveloppe à mon nom. Je suis resté longtemps à la regarder, incapable d'en examiner le contenu.

34

Ma main tremblait lorsque j'ai débuté la lecture des feuillets.

Chris, je suis très malade. Je vais mourir bientôt.

Après m'avoir anéantie, terrifiée, ce verdict m'écœure. Ces mots résonnent dans ma tête, se cognent de tous côtés pour s'amplifier, exploser, se reformer, recommencer. Je ne suis que révolte ! Je refuse cette épreuve ! Je refuse de mourir !

Pourquoi moi ? Pourquoi ?

Comment accepter cette grande loi qui fait de nous des marionnettes ? Qui décide que telle personne sera terrassée aujourd'hui d'une crise cardiaque et que demain une autre se tuera dans un accident stupide ? Qui fait bouger les montagnes qui ensevelissent des innocents ?

Maladie ! Imprudence ! Nature !

Fatalité !

Fatalité ! Te souviens-tu comme cette expression me faisait bouillir ? Parce qu'elle nous fait tout accepter en courbant l'échine... Est-ce Dieu Lui-même ? Je ne sais plus si je crois en Lui, devant toutes ces horreurs de la vie.

Pourquoi avoir connu le bonheur ? Pourquoi avoir eu le temps de former un vrai couple tous les deux ? Pourquoi avoir plus de regrets encore ? C'est trop cher payer ces années de douceur !

Avec horreur, je sens le mal évoluer en moi ! Je voudrais l'arracher, l'assassiner avant qu'il ne m'achève ! Je me répugne de porter cette saleté de tumeur ! J'ai envie de vomir ! Vomir cette pourriture !

Oh mon Dieu ! Si Vous existez, dois-je Vous remercier de ne pas avoir eu le temps de faire un enfant ? Dois-je Vous remercier de mes quatre années de vie commune avec un homme formidable ? Notre bonheur éclatait aux yeux de tous. Nous sommes-nous exposés à l'envie ? Avons-nous péché par fierté ? Dieu ! Dois-je Vous remercier de gâcher ma vie aujourd'hui ? Pour quelles raisons dois-je supporter cette injustice ?

Chris ! Chris ! Je n'ai que vingt-huit ans ! Je clame ma douleur de te perdre, je hurle mon désespoir, ma rage, mon dégoût, mon impuissance. Mon innocence !

Je suis comme un torrent tumultueux. Je perds tout contrôle, toute maîtrise de moi-même. Je voudrais fuir, me terrer comme un animal à l'agonie ! Mourir au fond d'un trou, seule, abandonnée...

Comment aurai-je le courage de t'avouer cette souillure ! J'ai honte de porter ce mal en moi. Les premiers jours je ne ressentais que répulsion pour mon corps.

Je ne pourrai pas supporter de lire dans tes yeux la même révolte que celle qui m'habite, ni l'accablement, ni l'horreur ou la pitié, ou la peine. Quand je maîtriserai tout cela, je te parlerai.

Pour l'instant, l'effort que je dois faire pour te cacher la vérité me permet de réagir plus favorablement que je ne le craignais. Mais ce jeu m'épuise. Je redoute le regard inquisiteur de nos amis, en particulier celui de Sophie. Je ne me sens pas le courage de feindre aussi pour eux.

Le jour où j'ai appris ? Souviens-toi ! Je t'ai dit que j'avais un rhume, pour expliquer mes yeux rouges et gonflés. C'était le 28 mars ! Les résultats que j'attendais avec tant d'angoisse sont arrivés ce matin-là.

Luc ne m'a pas appelée à l'école, comme nous en étions convenus. Il est venu. A l'expression de son visage, déjà, j'avais compris que mes espoirs s'avéraient compromis. Il avait annulé ses rendez-vous et orienté ses urgences vers des confrères. J'étais son urgence personnelle, et rien ni personne n'aurait pu le déloger de là !

Lorsque enfin j'ai pu fuir sa protection farouche, j'ai plongé dans la foule d'un centre commercial : bel exemple de solitude où tous ces regards ne te voient pas, où tous ces gens te fouleraient si tu t'écroulais à terre, obstacle à leur course ininterrompue. C'était le meilleur endroit pour prendre seule toute la mesure de mon drame. Je ne suis pas retournée à l'école ce jour-là.

Mon amour, mon amour, comment peut-on m'arracher à ce bonheur, que tu n'as pas cessé de me faire découvrir, pas à pas, au fil de ces années ?

Ta joie de vivre, ta force, ta confiance, ta passion… tout a contribué à épanouir la femme qui sommeillait en moi. Tu m'as appris à voir que le ciel est bleu, que l'existence n'est que merveille, qu'il fait bon vivre. Pour le savoir, il me fallait ta présence.

Et je croyais naïvement que les années de félicité que

nous vivions donneraient un sens à notre vieillesse ! Au moins resterai-je jeune dans ton souvenir.

Tous ces jours inutiles et perdus, que je vais passer à dormir sans toi... Serait-il possible que je ne fasse que te devancer ?

Longtemps j'ai espéré un jour retrouver tous nos chers disparus. Aujourd'hui, je voudrais croire plus que jamais que l'on ne se quitte pas vraiment.

Il est injuste de voir disparaître les siens, de les voir s'en aller pour toujours sans espoir de les retrouver afin de s'aimer encore.

Pourquoi nous accrochons-nous à nos rêves d'enfant, à nos désirs d'adulte, si cela n'aboutit à rien d'autre qu'à un vulgaire tas de poussière ou de cendre ? Qu'à un vague souvenir dans le cœur de nos proches ?

Alors... si je pouvais avoir raison, c'est avec moins de regrets que je m'inclinerais devant cette fatalité monstrueuse.

Mais fol espoir ! Faux espoir ! Vain espoir, que je hais !

Je suis allée voir des spécialistes. « Situation irrémédiable, irréversible », ont dit tous ces messieurs. Luc voulait me déformer la vérité. J'ai tant insisté qu'il a cédé.

Je ne regrette pas de savoir, car à présent, puisqu'il n'y a plus d'issue, j'ai le devoir de profiter de mes derniers jours, de les préserver, de les rendre meilleurs pour toi.

Au début, je pensais qu'il me suffisait d'être contre le verdict, de m'insurger, de refuser la sentence, pour faire un pied de nez au destin. Mais je sens bien ce qui se passe à l'intérieur de moi ; un lent processus destructif a commencé.

En quelques semaines, je suis passée par tous les stades de la fureur et de la révolte, pour sombrer perfidement dans celui de la jalousie.

Je t'envie, ainsi que tous ces gens de tous les jours, d'être bien portant. Je te jalouse de t'imaginer rire encore, sans moi, plus tard. Je te hais de te savoir heureux avec une autre que moi.

Je me figure trop véritablement, trop cruellement, le corps de cette femme qui me remplacera un jour. Je vois ses mains courir sur ta peau, sa bouche embrasser ta bouche. Je sens son odeur évincer la mienne, et je te vois, toi... toi contre elle, à la découverte de ses charmes et d'une vie nouvelle. Je ne peux supporter cette communion de corps et d'esprit, cette complicité, ta vie sans moi.

Si j'étais mère autant qu'épouse, je souhaiterais une seconde mère à mes enfants... mais comment souhaiter une autre femme à son époux ? Mon amour est-il morbide ? On ne peut que désirer le bonheur de ceux que l'on aime... Moi, je ne veux pas. Je ne peux pas. Pas encore ! Je n'y peux rien, je suis trop mal, j'ai trop mal au plus profond de moi.

C'est trop injuste de gagner de cette façon une place au bonheur. Car quelle femme ne serait pas heureuse auprès de toi ? Son but ne sera-t-il pas de tuer tes souvenirs ? De casser ce film que nous avons tous deux élaboré, sans cesse perfectionné : le son, les couleurs, les images, le rêve et la réalité étroitement confondus...

Oui, je suis jalouse de celle qui voudra effacer jusqu'au dernier pouvoir de mon ombre. Je voudrais ne pas laisser de répit à ma rivale, comme si mon tourment ne pouvait trouver de repos que dans son impuissance à elle à te posséder entièrement. Parce que j'emmène avec moi une immense partie de toi-même : ton âme. Parce que tu m'aimes autant que je t'aime et que ta souffrance ressemblera à la mienne. Il le faut. Je dois m'en convaincre, sinon mon malheur est insupportable ! C'est ton amour qui fait qu'un peu de moi restera ici-bas, puisque je ne laisse rien de ma propre chair. Ces enfants que je n'ai pas faits me manquent terriblement.

Les jours ont passé. Ma fureur se calme.

J'ai honte de mes derniers mots. Je te demande de souffrir aussi pour accompagner ma détresse. Pardonne-moi, mon amour, pardonne mes excès qui reflètent ma peur grandissante.

Peur que tu découvres la vérité. Peur de voir dans tes yeux ces mille raisons qui font que je déteste vivre aujourd'hui. Peur chaque matin de mes migraines, de mes malaises. Peur enfin, et surtout, de souffrir.

Combien de fois ai-je été sur le point de t'ouvrir mon cœur et sa peine. Tu es trop droit et loyal pour que je craigne quoi que ce soit de toi. Juste une fois, un bref instant, j'ai appréhendé que tu ne me soutiennes que par devoir.

Comme on est fragile lorsque l'on connaît ses limites ! Tout est exacerbé.

J'ai passé mon après-midi à ranger tous nos papiers, photos et lettres, à jeter des petits riens si pleins d'importance. Un instant j'ai eu l'étrange impression de ne déjà plus exister. C'était comme si une autre que moi prenait possession de ce qui m'appartient encore : sans cri, sans émotion. J'ai eu peur de cette absence de sentiment. Et brusquement un flot de larmes m'a délivrée de cette gangue d'indifférence. Je me suis retrouvée. La même Emmanuelle, celle que je connais bien, prisonnière de ce pas de chance, mais encore vivante, vraie, intacte.

C'est un bout de papier, tout petit, tout froissé, qui a ému cette froideur étrange. Je l'ai lentement déplié, avec tendresse, respirant le délicat parfum des souvenirs qui affluaient en moi, souriant même au rappel de mes incertitudes quand je doutais encore de nous deux. Il y a bien longtemps que j'ai laissé de côté ma plume de poète en herbe, mais j'avais conservé quelques petits essais. Mes mots d'alors étaient si pleins d'innocence et d'ardeur, naïvement touchants... si loin de mon dépit d'aujourd'hui.

Les cours de sophrologie conseillés par Luc ne me sont pas réellement d'un grand secours, mais j'apprends à maîtriser un peu cette panique qui m'oppresse chaque jour.

Hier, j'ai vu le professeur Simons.

Il était mon dernier espoir. M'annoncerait-il une petite rémission ?

Mais on dirait que la chance m'a définitivement abandonnée. Voilà que je n'espère plus rien car il n'y a plus rien à espérer.

En serais-je donc arrivée au stade de la résignation ?

Fatalité ! Le mot miracle ! Comme tout devient plus facile !

Je m'engage à vivre ces dernières semaines du mieux possible, car je dois te préserver encore. Ton bonheur m'est plus cher que ta sollicitude, même si elle n'est qu'amour. Et je n'aurais pas assez de courage pour supporter ta tristesse. La mienne me pèse tellement.

Je commence enfin à ne plus seulement penser à moi. Mais aussi à toi, à tous ceux qui m'aiment et qui souffriront de ma mort.

Je vais te laisser désemparé. Essaie de ne pas m'en vouloir. Tu n'aurais pas changé le cours des choses. Ne regrette rien. Que les remords de n'avoir rien tenté, faute d'avoir su, n'empoisonnent pas le reste de ton existence. Tenter quoi ? Il n'y a rien à faire d'autre qu'attendre la fin.

Je ne t'ai volé que ton droit de savoir, à cause de ton droit d'être heureux. Et c'est ton ignorance de mon mal qui me permet d'apprécier tes instants d'insouciance.

Te préserver est ma dernière façon d'être heureuse.

Je sais que je devrais te parler, mais je ne trouve pas le courage nécessaire. Comment te dépeindre mon affolement ? Comment aborder le sujet ? Mon mal évolue.

La mort peu à peu s'installe en moi, comme l'idée que je me fais d'elle. Elle a fini par me dompter. Je m'habitue à sa présence. Elle fait partie de moi-même. Je lui parle : « Laisse-moi encore un répit, j'ai tant et tant de choses à faire, à voir, à connaître. Je voudrais encore tellement profiter de lui. Et surtout ne m'abîme pas, emporte-moi d'un coup. Ne me fais pas trop mal. »

Je connais ma maladie, son évolution et tout ce qui risque de m'arriver. Je redoute de souffrir.

Ta tendresse inquiète me réchauffe le cœur, mais, malgré mes efforts pour te cacher la vérité, est-il vraiment possible que tu ne te rendes compte de rien ? J'ai maigri, mon teint est pâle, et tu parais si gai alors que je surprends tes regards angoissés.

Luc me certifie qu'il ne t'a rien dit. Dois-je le croire ? Plus les jours passent, plus je redoute l'instant d'aborder le sujet.

Il est trop tard ! Je vais partir, pour de bon et seule, avant que le mal ne m'affaiblisse davantage.

La soirée que je te prépare est ma manière de te dire adieu, avec tout l'amour dont je suis capable, pour que ton avenir soit parfumé de ma tendresse.

Ne m'en veux pas de partir comme cela. Tu sais que j'ai toujours réprouvé cette façon de quitter le monde. Et pourtant ! Je ne pensais pas que se suicider supposait une telle dose de courage, même si cela ressemble à une fuite éperdue.

C'est fini. Je ne peux plus reculer. Je sais, je sens, que tu sais !

Ces dernières heures passées auprès de toi me donneront la force d'aller au bout de ma décision.

35

A cet endroit, le feuillet d'Emma était froissé et gondolé sous la trace de larmes séchées. Quelques lignes écrites à la hâte étaient difficilement lisibles : *« J'ai été infiniment heureuse avec toi, mon amour. Pardonne-moi. Je t'attends. »*

Les larmes glissaient doucement sur mon visage, tristes compagnes de ma détresse solitaire... Ma gorge nouée retenait ce sanglot si longtemps étouffé, tandis que mes doigts se crispaient sur les pages, comme pour retenir le filet de vie de leur auteur.

J'ai posé ma tête sur le dossier du fauteuil et fermé les yeux, emprisonnant le visage chéri derrière mes paupières.

Qui a dit que l'avenir était un miroir sans glace ?

Cette douleur qui enserrait ma poitrine... Et soudain, j'ai tressailli ! Une main venait de se poser sur mon épaule ! J'ai retenu mon souffle... D'abord légères, puis pesantes... des lèvres humides au goût salé se sont posées sur les miennes. J'ai rouvert les yeux, libérant un flot de larmes contenues.

Nos regards se sont rencontrés, se sont fondus l'un dans l'autre. Les mots étaient inutiles. Notre émotion était telle que l'effort fait par chacun de nous pour la cacher à l'autre nous a fait mal. Et brusquement la force d'Emma s'est brisée. Secouée par de violents sanglots, elle s'est jetée contre moi. Ses poings ont martelé ma poitrine, que je lui offrais pour m'approprier sa souffrance.

Sa lutte n'a pas duré longtemps. Nous nous sommes retrouvés par terre, à genoux, nos fronts posés l'un contre l'autre, les joues en pleurs. Et, de nouveau, nos regards se sont accrochés, remplaçant n'importe quels mots, n'importe quel discours. Nous nous sommes enlacés sur le tapis, unis comme jamais nous ne l'avions été.

J'aurais donné ma vie pour qu'elle vive ! Elle, en qui j'ai trouvé tout ce que je désirais, tout ce qui fait notre entente, ses goûts, ses passions, naturellement accordés aux miens, mais éternelle rebelle malgré sa réserve, toujours nouvelle, imprévisible, surprenante par ses élans, sa spontanéité enfantine, conservant une liberté de jugement caractéristique, dégageant une formidable envie de vivre et un immense besoin d'aimer et d'être aimée, avec un souci constant du malheur des autres, une sensibilité attendrissante, un dévouement charitable, cachés derrière une vitalité saine et communicative...

Mais pourquoi dire ou expliquer ? Il n'y a ni règles ni mesures en la matière. J'aime Emma, tout simplement. J'aime la regarder, l'écouter, lui parler. J'aime sentir sa peau contre la mienne, et la respirer. J'aime sa présence, même silencieuse, ses gestes et ses instants de doute. Tout me touche et m'émeut en elle.

De la voir ainsi, biche aux abois, me bouleverse et me déchire à l'intérieur. Où puiser ce courage nécessaire ?

Sa force anéantie et ses rêves perdus m'ont donné une envie folle de m'unir à elle pour l'aider à rattraper ce qui fuyait devant nous : notre avenir et notre bonheur.

Ses doigts, qu'elle avait crispés sur mes épaules, se sont détendus, et l'apaisement peu à peu est venu calmer ses sanglots. Les yeux tournés vers la fenêtre, le regard fixé sur un ciel sans nuages, elle a dit, tout bas pour cacher la fêlure de sa voix :

« Je voulais m'endormir pour de bon, ce matin. Pourquoi m'en as tu empêchée ? J'ai eu tant de mal à me procurer ces comprimés. »

J'ai pris son beau visage entre mes mains et j'ai plongé mon regard dans le sien, appelant les mots qu'elle attendait, des mots qu'il me fallait prononcer sans laisser transparaître cette angoisse qui déferlait en moi telle une lame de fond qui emporte tout sur son passage en ne laissant derrière elle que misère et désolation. J'ai dû faire un effort terrible pour ne pas continuer à pleurer sur sa souffrance et la mienne, sur sa peur et la mienne. Sur ce vide qui se dessine en guise d'horizon.

« Me laisserais-tu tomber, toi ? Ne sens-tu pas comme j'ai besoin de toi, et comme nous pouvons encore profiter l'un de l'autre ? Je ne veux pas croire que rien n'est possible pour enrayer le mal. Il ne faut pas abandonner. Nous irons voir d'autres spécialistes, à l'étranger s'il le faut. »

Elle m'a interrompu tendrement, me bâillonnant de sa main frémissante.

« Je t'en prie... Arrête ! Ne te mets pas ces idées en tête, la déception est trop cruelle. Luc a contacté je ne sais combien de confrères. Il s'est même adressé au professeur Millers, de Londres. Nous pouvons lui faire confiance... Et moi, je refuse d'être considérée comme un cas. Je refuse de finir mes jours à l'hôpital, je refuse une opération qui n'aboutira à rien qu'à nous faire souffrir trop tôt. C'est avec la chimio que l'on commence à avoir vraiment l'air malade. Chris, je t'en supplie, ne cherche pas contre mon gré à vouloir faire ce qui serait juste ou bien. »

Elle a fixé son regard bleu avec tant de volonté dans le mien qu'une émotion sans bornes m'a fait la serrer trop fort. La vaillance dont elle faisait preuve m'a rendu muet.

Plus tard, j'ai pu lui parler de mon projet. Elle a cédé devant ma détermination. J'ai deviné aussi un soulagement derrière son pauvre sourire.

... Le sommeil l'a terrassée. Abandonnée à quelque rêve mystérieux, elle sourit, soulagée de ce poids, concentrée sur notre court avenir.

36

1er mai, 23 heures

A l'idée de changer d'horizon, Emma a retrouvé quelque entrain. Une vie nouvelle, comme un espoir neuf, a fini par s'imposer à elle et réchauffer son cœur.

Je reviens de chez Luc.

Il approuve notre désir de fuite, mais son inquiétude l'oblige à me faire mille recommandations. Ses propos cimentent cette douleur que je tente d'enfouir au plus profond de moi depuis le 11 avril.

Il m'a donné des médicaments d'urgence et se charge de contacter le médecin de Villard-de-Lans, lieu de notre retraite.

C'est Emma qui a choisi cette station dans le Vercors, à cause des souvenirs que lui ont laissés deux années passées à l'université de Grenoble. « Nous y skiions l'hiver et faisions de grandes balades l'été. Je me souviens de panoramas extraordinaires. Il y a une foule de choses à voir, à visiter. J'ai toujours éprouvé l'envie d'y retourner. »

37

5 mai, 16 heures, 1er jour

Notre chambre, la plus jolie et la plus confortable du plus bel hôtel de la ville, donne sur la Grande Moucherolle qui nous salue du haut de ses deux mille deux cents mètres.

J'ai vendu la plupart de nos biens sans en parler à Emma. Si un miracle lui permettait de vivre un an, je veux que rien n'entrave nos projets. Ses projets. Surtout pas l'argent.

Je la regarde dormir, allongée sur le lit jumeau le plus proche de la porte-fenêtre. Un coup de fatigue l'a assommée.

Elle a fait couper ses cheveux. De courtes mèches blondes encadrent en désordre un visage d'enfant. Son abandon me bouleverse, tandis qu'un début de panique me fait douter de mes forces.

Est-ce mon imagination qui voit briller une trace humide le long de sa tempe ? La tête nichée dans le creux tendre d'un vaste oreiller, elle semble si détendue qu'une fois encore je crois rêver. Allons-nous sortir de ce cauchemar ?

Il se dégage d'elle endormie une telle douceur que je reste là, indécis quant à l'organisation de nos journées.

Nous sommes tous deux au bord d'une région qu'elle veut me faire découvrir pas à pas, main dans la main.

Luc m'a conseillé de rentrer lorsque ses forces ne seront plus suffisantes. Mais je ne veux rien prévoir, rien envisager. Nous allons commencer à vivre au jour le jour et tout conjuguer au présent.

38

2e jour

Emma se lève en essuyant ses lèvres ourlées de chocolat. En passant derrière moi, elle ébouriffe mes cheveux et dépose un baiser rapide dans mon cou. Je constate qu'elle n'a guère touché à son petit déjeuner.

Notre soirée d'hier a été calme. Notre seule escapade a été de faire quelques pas dans Villard-de-Lans, et de nous installer à la terrasse d'un bar. Elle a caressé la statue de l'Ours, située sur la place.

« A chacune de nos visites, nous venions le saluer, m'a-t-elle dit. C'est un vieux copain. »

Aujourd'hui sera un jour clément pour nous. Emma a la forme depuis son réveil. L'excitation brille dans ses yeux. Sa nouvelle coiffure et l'amaigrissement de ces dernières semaines ont transformé son corps et donnent à sa silhouette une allure d'éphèbe, gracile et fragile.

Quelques couleurs sont revenues animer ses joues. Mon regard ne peut se détacher de son visage. Mes sens sont en alerte permanente et captent tous ses messages secrets. Je ne peux détacher une seconde mon attention d'elle.

Pour notre première sortie, elle nous a emmenés au col du Rousset, point final des paysages de verdure et de fraîcheur.

La bouche légèrement entrouverte, elle regarde tout autour d'elle pour se repérer. « Fabuleux, souffle-t-elle, émerveillée. Regarde ! Là-bas, la Grande Moucherolle ! Tu la reconnais ? Nous sommes aux portes de la Provence. As-tu remarqué comme le paysage s'est modifié dès la sortie du tunnel ? En deux cents mètres, nous avons changé de climat. Tu ressens, comme moi, l'immensité de ces espaces ? L'atmosphère qui s'en dégage ? Et cet air, cette odeur incomparable de lavande écrasée de soleil ? »

Nous nous asseyons sur une butte. Dans un geste familier elle passe ses doigts dans ses cheveux en épis. Nous ne sommes pas seuls, un couple proche de nous n'arrête pas de s'embrasser.

Distraitement, je m'amuse à faire couler de la terre entre mes doigts. Que vois-je brutalement dans ma main, qui me fait fermer le poing et bondir sur mes pieds ? Un sang qui s'écoule, une vie qui s'essouffle... Oh mon Dieu ! Libérez mon esprit. Je sens que je craque peu à peu. Je me consume de l'intérieur. Donnez-moi le courage, la force nécessaire de lui offrir les derniers mois qu'elle espère.

Mon sursaut l'a tirée de sa rêverie. Elle s'accroche à mon bras et m'oblige à me rasseoir tout contre elle. Un éclair moqueur traverse son regard lorsqu'elle me dit : « Ce sont ces deux amoureux qui te mettent dans cet état ? »

Je joue le jeu et lui réponds dans le creux de l'oreille : « C'est toi et ta nouvelle coiffure qui me donnent des idées. Qui sait de quoi je vais me rendre coupable d'ici quelques secondes. »

Son rire éclate dans ma tête, crevant cette bulle d'amertume, et gonfle ma poitrine d'une joie immense. Depuis quand n'a-t-elle pas ri aussi spontanément ? Nos regards se mêlent, à défaut de nos corps. Nos doigts se joignent, se transmettant un flux d'affectivité qui constitue le meilleur des messages.

Je la surprends peu après se masser discrètement la main gauche. Ne se croyant pas observée, elle joue avec les doigts de cette main. Feignant de m'intéresser au paysage, du coin de l'œil je la regarde serrer et tendre ses phalanges plusieurs fois de suite, comme pour en chasser quelque désagrément. Rejetant de toutes mes forces la conclusion qui s'impose, j'essaie de m'absorber dans la contemplation de la vallée.

« Là, tout n'est qu'ordre et beauté, luxe, calme et volupté », dit-elle lentement. Elle récite du Baudelaire comme elle le ferait d'une prière...

Face à mon silence, elle insiste : « C'est beau, non ? Il est temps de savoir goûter au beau. »

Je me fiche de la beauté du monde. Je ne vois rien de tel en dehors d'elle. Sa main droite protège ses yeux du soleil tandis que la gauche reste obstinément à l'abri de mon regard.

Dois-je continuer à faire semblant de n'avoir rien remarqué ? Non ! Plus de faux-fuyants.

Je prends doucement le sac qu'elle serre contre elle, et m'empare de sa main malade. Une inquiétude la fait se raidir et disparaître trop vite l'enchantement qui l'animait tout entière. Je suis navré de rompre le charme, je caresse lentement sa peau et dépose un baiser sur l'envers de son poignet tout en scrutant son visage.

« Je ne la sens plus, Chris. Depuis une heure environ. » Sa voix est calme, même si la commissure de ses lèvres est affaissée.

Nous rentrons.

L'insensibilité n'a pas progressé, seule la main reste touchée. La vie est revenue dans son bras. Le sourire aussi, à ses lèvres, et dans mon cœur un soulagement immense ; je prévoyais le pire.

Se sentant mieux, elle insiste pour que nous allions dans une crêperie. Mais elle ne mange rien. Une pâleur anormale s'est installée sur son visage, qui chasse son sourire. Je pose ma main sur la sienne.

« Tu ne te sens pas bien ?

— Non... »

Elle lâche sa serviette sur la table, se lève et se dirige vers les toilettes d'un pas incertain, la main sur le front. Je n'ai que le temps de repousser ma chaise et de me précipiter derrière elle alors qu'un malaise la fait vaciller.

D'un commun accord, nous n'avions plus reparlé de la maladie. Mais, sournoise, elle s'impose à nous, refusant toute trêve.

Nous sommes très vite revenus à l'hôtel.

Maintenant, le front collé à la vitre, elle regarde au-dehors la lune disperser sa lumière sur les monts. Je m'approche et pose mon menton sur sa tête pendant que mes bras l'enlacent. Elle a toujours aimé se blottir ainsi contre moi.

« Ne me cache plus rien, murmuré-je, nous devons vivre avec ce mal et en tenir compte. Nous allons nous organiser en fonction de lui. Fais-moi confiance. »

Elle secoue la tête. Lentement. Avec au fond des yeux des lueurs de total désespoir.

« Nous ne gagnerons pas !

— Nous gagnerons du temps ! Du temps, Emma ! C'est ce qui prime aujourd'hui. »

Elle se retourne et s'agrippe à mes épaules, pour me crier, désespérée : « Je viens de doubler les doses ! Tu te rends compte ? »

Elle me secoue. « Je ne pourrai pas faire

mieux, Chris ! Je me sens grignotée, dévorée inexorablement. J'ai envie de... »

Elle s'écarte de moi. La panique s'empare d'elle. Assise sur un lit, les genoux remontés sous sa poitrine, elle plonge la tête dans ses mains. Ses épaules frémissent de sanglots silencieux. Du temps s'écoule, durant lequel l'égarement me transforme en statue.

Puis elle dit d'une voix presque ferme : « Tu as raison, je ne suis pas venue ici pour craquer avant l'heure ! » Elle lève ses beaux yeux mouillés vers moi et ajoute dans un sourire fragile : « J'ai l'immense bonheur de t'avoir auprès de moi. »

« Va, mon amour, va te promener. Tout va bien maintenant. Je vais lire un peu en t'attendant. »

Je la laisse à contrecœur, mais je sens son besoin de solitude. La journée l'a éprouvée par son étrange cruauté ; la forme qu'elle démontrait ce matin n'était que factice. Il conviendra de ne plus se fier à un trop-plein d'énergie, qu'il soit réel ou prétendu.

39

6e jour

Un rythme s'est installé. Nous sillonnons le plateau les après-midi, quand elle a terminé une courte sieste.

Elle connaît les endroits à voir, les lieux touristiques et incontournables, tels les grottes de Choranche, les Grands Goulets, les gorges du Furon, et bien d'autres encore que je n'ai pas le cœur de décrire.

Je joue toujours le jeu, mais sent-elle que je ne vois rien, que je ne perçois pas la magie du décor environnant ? Seul m'importe son bien-être, et je ne ressens la beauté des paysages qu'à travers elle, par ses yeux, ses propos, son émotion.

Mais de ce cadre grandiose, de ces gorges encaissées, ombreuses et humides, de ces torrents écumants et furieux, je ne saisis qu'un insurmontable malaise de la voir se pencher dangereusement sur des à-pics de deux cents mètres. Mon corps entier se fait bloc, prêt à bondir au cas où... Mes pensées me terrifient.

On pourrait croire que la paix habite son cœur à voir son air émerveillé. Son angoisse de demain se noie dans sa course contre la mort. Elle laisse accaparer son esprit par mille détails, reléguant au second plan les manifestations de son mal. Je n'ai pas eu la force de citer, dès leur apparition, les tremblements, les troubles de la vue, les douleurs ou les premières difficultés respiratoires.

Elle vit son quotidien avec courage. Elle paraît heureuse même si une ombre s'est installée à demeure dans son regard. Son bras gauche ne lui est plus vraiment utile à présent. J'ai le cœur broyé.

Je suis allé voir le docteur Jullien à Villard-de-Lans. J'ai trouvé un homme jeune et chaleureux. « Tout est imprévisible, mais, d'après ce que vous dites, je crains qu'il ne faille augmenter les doses de morphine. Insistez pour que je la voie. »

Il a l'air de comprendre Emma et l'admire sans réserve. Je peux compter sur lui à tout moment.

A mon retour à l'hôtel, je dois faire un violent effort pour ne pas céder à la détresse devant l'envie soudaine d'Emma de faire des photos.

« Chris, où est l'appareil ? On devrait profiter

du coucher de soleil pour prendre quelques clichés. »

Elle continue à fouiller dans les différents sacs, jusqu'à ce que mon silence la fasse se redresser et se retourner. La stupeur me laisse interdit d'interminables secondes, pendant lesquelles un éclat plus vif s'impose dans son regard fixé sur moi. « Oh ! Mon Dieu ! »

Elle se laisse aller contre ma poitrine. Les mots sont inutiles puisque sa mémoire défaillante vient de lui rappeler que, volontairement, nous n'avons pas pris notre appareil : « Des photos te rappelleraient trop nos angoisses. »

40

7e, 8e, 9e jour

Elle m'oblige à faire quelques ascensions d'où je lui rapporte des impressions qu'elle compare aux siennes d'autrefois.

Je ne recherche dans ces courses qu'un épuisement pour juguler ma haine constante. Privé de mes forces, affalé au sommet d'un col rageusement atteint, isolé de tout, je deviens alors un élément presque inconscient à regarder les nuages fuir comme mes illusions.

Et puis la souffrance se réinstalle et m'appelle à une perception plus grande. Je me sens bientôt parvenu à un degré de sensualité inexprimable, proche comme je ne le serai plus jamais de l'essence même des choses, en étroite communication avec la tristesse de la vie et sa fugacité.

Je cherche dans ces paysages un écho à ma douleur. Tant de solitude et de grandeur s'imprègnent en moi chaque jour, d'une manière insoupçonnable, refermant dans un premier temps la porte de tous mes espoirs.

Que me font ces vallons et ces vallées, ces chaumières incrustées dans la verdure, le sommet blanc de ces monts figés ? Je prends péniblement conscience de l'indifférence de la nature pour les misères humaines… à moins… que cette indifférence ne soit une amorce de sagesse…

L'objectif d'Emma de m'envoyer me confronter à cette nature n'est-il pas celui de me laisser ouvrir à l'apaisement, à une vision nouvelle d'un décor jusque-là étranger ?

Et peu à peu mes regards s'arrêtent sur les choses, sur ces riens qui composent mon présent, et je me surprends à me trouver tout occupé de lui. Le présent que je vis, assis là à récupérer mon souffle, est le passage évanescent d'un non-être à l'autre. Ni le passé ni l'avenir ne sont. Nous passons, comme tout ce qui nous environne ; rien n'est éternel, pas même ces rocs qui s'érodent au fil du temps.

Tout n'est-il pas apparence ? Les êtres, comme les choses, ont-ils de l'importance ? Je me souviens d'un proverbe chinois : « L'existence ressemble à des gouttes de rosée dans des gouttes de rosée. » Existence, donnée brute, indépassable, rebelle à toute mise en question…

Fatalité, disais-tu, mon Emma ? En renonçant

à s'agripper, on cesse de souffrir, lorsqu'on accepte la mort, elle cesse d'être un obstacle ; l'existence ne se prouve pas, elle s'éprouve, et se sent menacée par la rencontre inévitable de la fin.

La mort, comme destin, n'habitait pas encore mon existence, le sens de mon propre cheminement ne m'intriguait pas.

En acceptant ce qui doit arriver, retourne-t-on à la paix ? Fatalité, douce Emma. Il faut que l'herbe pousse et que les enfants meurent, dit le poète.

Une feuille que le vent fait glisser jusqu'à moi, des parfums subtils et légers, de jeunes pousses déjà vigoureuses... des troupeaux blancs, tout là-bas, surveillés par des pâtres matinaux... je n'entends plus les effrayants mystères de la mort, mais l'immense appel de la vie.

Quoi ! Nous mourrons tous les deux au milieu d'une renaissance générale, et pourtant mon cœur s'apaise ?

Mes regards partent loin, jusqu'au massif des Coulmes, qui tranche sur le reste du Vercors par sa couverture de feuilles claires. Jusqu'à présent, l'environnement s'était intégré à moi au point que je ne percevais plus ce qui m'entourait. Maintenant me voici réceptif à l'univers entier, comme si je me débarrassais de pelures accumulées par une vie d'habitudes et de préjugés.

Sublimant mes désirs et mes peurs, une

conscience pure me fait soudain voir les choses non plus à travers un écran mais dans leur plénitude. J'en ressens les énergies et les vibrations. L'univers est-il en respiration continuelle ?

Dans le silence et la solitude du Vercors, que domine un ciel lavande, toutes ces voix qui se révoltaient dans ma tête se taisent.

Tu as raison, Emma, il est temps de voir le beau. Je sens cette brise fraîche venue d'un col enneigé. Je sens la terre palpiter, se réchauffer aux rayons d'un soleil éternellement vainqueur. Non, la nature n'est pas insensible. Elle devient asile et consolation.

Mes regards s'aiguisent davantage, tandis que mon souffle s'approfondit. Je suis presque d'ici, frère avec ce laboureur qui, minuscule, guide son cheval à travers les sillons bruns. Mai n'a pas encore chassé toute l'humidité de l'air, des lianes de fumée s'échappent des toits, emportant les secrets de chaque maisonnée.

S'il dresse ses versants abrupts couronnés de falaises, le Vercors ne possède pas de sommets audacieux. Même s'il présente sur toutes ses faces une muraille austère, il cache un relief intérieur de plateaux dégagés et de vallées en berceau, des paysages reposants. Par-delà les cimes proches, mon regard s'envole jusqu'aux Cévennes, jusqu'aux crêtes du Jura. Hier, de la Molière, je voyais le mont Blanc. Une force intraduisible me vient de ces géants, qui libère ma poitrine de son angoisse.

Une harmonie s'établit au fil des jours entre les paysages et mon âme. Qu'y a-t-il de magique au milieu de ces beautés naturelles ?

Je ne m'oppose plus au courant qui m'emporte, attentif à ces fleurs gorgées de pollen, au ballet des frelons gourmands, aux bourgeons de bruyère.

Chaque brindille, chaque oiseau dans l'azur, des nues qui s'effilent, un bruit sous les feuillages, une pierre qui roule sous mes pieds, tout avive ma sensibilité et me ramène à toi, mon amour.

Allongé sur le sol, je regarde le ciel, me laissant vaincre par une délicieuse ivresse. L'infini me happe, m'emporte jusqu'aux franges célestes, et je bascule dans mon amour absolu. L'évidence m'étouffe de me sentir aussi plein de toi, aussi plein d'instants merveilleux. Je te reconnais dans les méandres d'un nuage vaporeux. Ici ton visage, ici ton corps. Ta légèreté est partout.

Défilent alors des images d'une précision terrible – un mouvement de la tête pour te libérer de ton voile blanc : le vent taquinait la mariée émue. Les prémices d'un sourire dans le creux de tes joues. Le geste sensuel de ramener un gilet sur ton épaule. La façon délicieuse d'arquer ton sourcil en guise d'interrogation, d'ouvrir à demi ta bouche avant de t'étonner...

Oui, nous avons eu notre part de bonheur,

mais les souvenirs, si heureux qu'ils puissent être à les évoquer, ne peuvent équivaloir ces bonheurs d'avoir su vaincre tes peurs, séché tes larmes, partagé tes joies ou reçu tes étreintes.

41

12e jour

Je la trouve belle. Belle de courage quand elle me dit le matin : « Une journée de plus, Chris. Elle sera aussi formidable que celle d'hier. » Belle de tendresse quand son visage, penché sur le mien, exprime toute la magie de son amour.

Ce soir, notre point de chute est le Chamois, restaurant réputé pour ses grillades et spécialités de montagne.

Nous arrivons à l'instant où éclate un orage. De grosses gouttes s'écrasent à nos pieds.

A peine mouillée, mais déjà frissonnante, Emma se dirige au fond du restaurant où un immense barbecue dégage une forte chaleur exhalant une appétissante odeur de viande grillée.

Les touristes regardent cette mince jeune femme tendre une main au-dessus des flammes. L'un d'entre eux n'arrête pas de la dévisager et, lorsque nous nous installons près de sa table, il lui adresse un tel regard admiratif qu'Emma rougit. Elle me donne un petit coup de pied avant de chuchoter, bouleversée : « Serait-il possible que je plaise encore ? »

Les mots ne me viennent pas. Je laisse l'évidence imprégner sa conscience et bénis cet homme qui a su la rassurer plus que je ne le pourrais, elle qui commençait à cesser de vouloir croiser le regard des autres.

Nos doigts entrelacés, nous observons l'activité qui règne autour de nous. Au rythme, surprenant dans un tel endroit, d'une valse viennoise dont les sons nous parviennent assourdis, des employés circulent inlassablement entre les tables.

Emma sourit de ce va-et-vient. Puis elle avise une énorme tête de chamois fixée sur un mur au lambris sombre. Elle fait la grimace et s'en détourne.

Je m'efforce de ne rien laisser paraître de mon manque total d'appétit. Tout comme moi, elle se force à piocher dans son assiette, mais elle goûte à peine aux charcuteries et salaisons de montagne, délaisse le poulet aux ravioles et trempe à peine ses lèvres dans un vin gouleyant.

Son regard se fixe bientôt sur un petit garçon qui observe la salle du restaurant depuis la porte d'entrée restée entrouverte.

Il semble sur ses gardes et par moments se cache précipitamment derrière le mur.

Peu à peu, nous comprenons son manège. Il

essaie d'attirer l'attention d'un jeune serveur sans se faire remarquer du patron, absorbé par la cuisson de sa viande.

Quand il arrive à ses fins, son complice fronce les sourcils, jette un rapide coup d'œil en direction du barbecue et se précipite vers le gamin, qui se rejette en arrière.

Nous n'assistons pas à toute la scène, cachée en partie par la porte, mais nous voyons une main levée s'abattre jusqu'à mi-hauteur. Le jeune homme revient très vite reprendre son service.

S'il y a eu des témoins, personne ne semble manifester un quelconque intérêt.

En se penchant, Emma peut voir l'enfant assis par terre, la tête entre les mains, en train de pleurer. Lorsque le serveur passe près de nous, elle le saisit par la manche, sans se soucier de déséquilibrer la pile d'assiettes amoncelées sur son bras.

« Qui est cet enfant ? » lui demande-t-elle. Il sourit largement et répond d'un haussement d'épaules : « C'est mon frère. Il attend que j'aie fini mon travail. »

Comme elle va répondre, je pose ma main sur la sienne et la devance : « Emma, s'il te plaît, ne le mets pas dans l'embarras. »

Elle soupire et acquiesce. Déjà le garçon s'est éloigné, interpellé par une table voisine.

Emma tente à son tour discrètement de se faire remarquer du gamin, toujours accroupi dans son coin. Enfin, elle y parvient, mais du temps s'écoule avant qu'il ne se décide à approcher.

Tout aussi méfiant que morveux, évitant avec adresse frère et patron, il arrive près de nous et se glisse entre Emma et le mur. Les larmes ont séché, creusant sur les joues un sillon plus clair. Des yeux immenses de petit garçon mûr. Dix ans tout au plus et vraiment beau.

A l'instant où Emma commence à lui parler, il a un sursaut et tente de se faire plus petit qu'il ne l'est. Son frère l'a aperçu et s'approche promptement de notre table. Je vais intervenir, quand Emma stoppe son élan en mettant un doigt sur sa bouche. « Je m'en occupe, chuchote-t-elle. Ne vous inquiétez pas, il est avec nous. »

Il est là, à notre table, les yeux avides rivés sur nos assiettes. Emma attire le plat à elle et emplit son assiette avant de la pousser vers lui. Et le petit de manger, ravi de l'aubaine.

Je suis ému par l'attendrissement de ma femme face à cet enfant aux vêtements rapiécés. Je sens son intérêt grandir pour lui, ainsi que son amusement et sa tendresse. La culotte est plus courte sur la jambe droite, et les chaussures doivent en être à leur quatrième génération de pieds. Emma évalue tout cela de son œil exercé. Elle ne brusque pas les choses et me fait comprendre d'en faire autant.

Enfin rassasié, le gamin s'essuie la bouche d'un coup de poignet adroit. Son regard plein de reconnaissance va de l'un à l'autre mais s'accroche plus souvent à celui d'Emma.

« Je m'appelle Raphaël, et toi ?

— Emmanuelle. Tu n'as plus faim ?

— Ça va. »

Il montre son frère du doigt et prend un air délicieusement fataliste.

« Il va pas être content.

— Ne t'inquiète pas, on va arranger ça. »

Je me sens exclu du dialogue et de cette amitié naissante, mais je ne m'intéresse qu'à Emma et à son bonheur. J'écoute à peine les explications du serveur sur les fromages locaux ; je suis le discours de l'enfant qui ensoleille l'instant de ma femme.

« Tu habites où ?

— Par là-bas. »

Et il tend son petit doigt dans une direction vague.

« Chris, peut-on le ramener chez lui ? » Elle dit cela d'une voix pleine d'espoir contenu, mais je suis ferme.

« Une autre fois.

— C'est pas la peine, dit le gosse, je dois attendre mon frère. Qu'est-ce qu'elle a ta main ? »

Je regarde Emma. Elle ne se trouble pas. Sa réponse est rapide et douce. « Elle est malade. »

La curiosité du gamin n'en reste pas là.

« Elle va guérir ?

— Peut-être.

— Tu habites où ? »

Pourquoi ce petit diable ne s'adresse qu'à Emma ?

« A l'hôtel des Trois Cornes. Tu connais ?
— Je connais tous les hôtels du coin. »
Il dit cela d'un ton tellement sérieux que nous retenons notre sourire.

A l'hôtel elle me parle encore de lui. Elle est gaie, envahie d'une joie qui fait reculer les ombres.

42

14e jour

Depuis deux jours, une grande fatigue contrarie les projets d'Emma. Une fièvre perfide, peu élevée mais suffisante pour l'obliger à garder le lit, la laisse abattue et maussade.

Contrainte à se reposer par le docteur Jullien que nous avons rencontré la semaine dernière, elle avale avec humeur des comprimés verts et rouges. Ce qui lui fait surtout mal, c'est de ne pas revoir son petit ami.

Elle a posé des questions à l'hôtelière, mais celle-ci ne l'a pas beaucoup aidée. « Ce doit être un de ces mômes qui traînent, désœuvrés, l'été. Pas assez grands pour faire des petits boulots, alors ils s'accrochent aux basques des grands frères quand les parents viennent à manquer. A moins que ce ne soit un de ces petits romanichels que le maire laisse s'installer une partie de l'été dans la région... Bah, vous le reverrez, rassurez-vous. »

Emma a l'air si triste que je pars pour le Chamois. Le restaurant vient à peine d'ouvrir. Le personnel déjà s'affaire mais je ne vois l'enfant nulle part. Le patron répond à mes questions tout en activant les braises de son barbecue :

« Le grand serveur ? Il ne vient pas tous les soirs.

— Et son petit frère, le petit Raphaël ?

— Qué petit ! Je n'embauche pas les gosses, moi.

— Savez-vous où ils habitent ?

— A deux kilomètres au sud. »

Je n'insiste pas. Je reviendrai.

Dans la rue, pour la première fois, je détaille les visages d'enfants, mais ils sont peu nombreux à courir les rues, d'autant plus qu'une petite pluie fine s'abat du ciel.

Lorsque je rentre à l'hôtel, je retrouve Emma en compagnie du docteur Jullien. Ses yeux brillent étrangement, comme soumis à une intense réflexion, et ses pommettes, contre lesquelles mes baisers s'appuient, dégagent une chaleur anormale.

A l'attitude de Jullien, je comprends qu'il veut me parler. Je le raccompagne jusqu'à l'ascenseur. « La fièvre n'est pas mon principal souci. Elle s'affaiblit. La tension est trop basse et son inappétence m'inquiète. Je souhaiterais la mettre sous perfusion pendant vingt-quatre heures », m'explique-t-il.

Je lui promets de faire mon possible pour la convaincre, mais je retarde mon intervention jusqu'à ce soir.

Adossée à deux oreillers, enfermée dans un mutisme obstiné depuis midi, elle sourit à peine quand je la quitte pour, une nouvelle fois, rechercher Raphaël.

Pourquoi l'ai-je abandonnée à ses fantômes ? Pourquoi suis-je parti ainsi, sans comprendre que déjà l'amour l'avait saisie à plein cœur ?

Lorsque je rentre, une heure plus tard, elle a disparu. Le choc que je ressens est indescriptible. Après avoir acquis la certitude qu'elle est effectivement sortie, je repars comme un forcené, d'abord chez le docteur Jullien puis dans les rues avoisinantes de l'hôtel, priant le ciel de la trouver très vite.

Une angoisse sans nom m'étreint de seconde en seconde, quand une évidence s'impose. Rester à l'hôtel serait la plus sage des solutions ; ce n'est qu'ici qu'elle pourrait me joindre ou me faire joindre si le besoin s'en faisait ressentir.

Du hall, je scrute la rue, cherchant désespérément la silhouette si précieuse, si chère à mon cœur. Je suis comme fou, enragé de l'avoir laissée à la merci de ses émotions.

Mon attente commence. J'essaie d'éradiquer ma folie.

Je comprends mieux pourquoi j'ai écrit notre rencontre avec Raphaël. Sans doute avais-je pressenti toute l'importance que cet enfant prendrait dans le cœur d'Emma : ce cœur si plein d'amour pour ces enfants qu'elle n'a pas eus.

Confusément, je sens qu'il nous faut retrouver celui-ci. Si fragile que soit ce qui nous rattache à lui, Emma doit vivre son coup de foudre à sa manière. Abandonner ses petits handicapés a été plus dur qu'elle ne l'a jamais avoué. Cette envie de donner de sa substance par l'attachement qu'elle a toujours ressenti pour eux ne se tarit pas aujourd'hui. Au moment de partir, au seuil de tout quitter, veut-elle, une dernière fois, laisser un peu d'elle-même dans la vie d'un enfant ?

Son absence représente-t-elle déjà ce que ma solitude sera sans elle ? Je plonge peu à peu dans une profonde hébétude. Elle, mon bonheur, ma femme...

Comment peut-on se fondre à ce point dans un autre que soi ? De quoi sont donc faits ces liens invisibles qui nous unissent si fortement à cet autre ? Et nous les acceptons, ces liens, nous les désirons si intensément, si douloureusement parfois, sans craindre toute servitude. Moi, je n'éprouve que la nécessité de donner davantage à celle que tout mon être a choisie. Hélas, je ne peux lui donner sa vie qui s'enfuit.

Des doutes sur mon utilité m'envahissent, accentuant mon incertitude sur les valeurs de ce monde. La révolte qui grondait en moi refait surface. Du plus profond de mon être, un instinct surgit, sauvage, celui de survivre à n'importe quel prix. De gagner du temps, de gagner sur le temps !

Et brusquement la voici ! Appuyée contre le montant de la porte, les cheveux humides et frisottants, elle me sourit, s'excusant de m'avoir inquiété.

J'étouffe un sanglot lorsque je la prends délicatement dans mes bras. J'ai envie de hurler ma faiblesse, ma déroute, mon abandon. Nous restons ainsi, soudés l'un à l'autre, sans parler.

« J'ai cru que j'aurais plus de chance que toi », dit-elle enfin.

Des frissons la secouent tandis que les monstres, dans sa tête, se réveillent. Elle a besoin de s'allonger.

Elle me demande de terminer la lettre qu'elle écrivait à sa mère. « Je voudrais qu'elle la reçoive avant... Sinon, j'aurai trop l'impression de tricher avec elle. »

Je ne peux que la regarder longuement, cherchant à deviner au-delà de ses mots ce qu'elle ressent exactement. Une espèce d'aura l'enveloppe. Je la trouve lumineuse. Mes yeux ne voient pas la maigreur de ses épaules, la fatigue de son corps. Je ne retiens que la profondeur de son regard accentué par l'ombre d'un cerne, la douce tiédeur de sa peau que j'effleure en la bordant, la veine bleutée qui palpite, fragile, sur sa gorge.

Tendrement, elle tend sa main valide et caresse ma joue. Au même instant, un coup est frappé à la porte.

L'hôtelière s'avance dans la chambre, un sourire mystérieux sur les lèvres. « Qui donc j'amène là ? »

Elle s'écarte, pour faire apparaître Raphaël. « Il s'est présenté à la réception, mais s'est fait éconduire par mon mari avec la promesse de se faire botter les fesses s'il insistait. Il surveillait les allées et venues des touristes en vous attendant. J'ai repensé à ce que vous m'aviez dit et lui ai demandé son nom. »

Un instant confus, Raphaël retrouve son aplomb. Il s'approche d'Emma, que la joie laisse muette.

« Je t'ai attendue l'autre soir », lui dit-il.

Un reproche à peine déguisé affleure dans la petite voix fraîche. Je les laisse tous deux à un tendre face-à-face. J'ai l'impression que l'atmosphère a changé dans la chambre. Un parfum de douceur bienheureuse est en train de chasser douleur et fièvre. Raphaël a sorti de sa poche un petit sifflet artisanal et l'a offert à son amie. La complicité est là, bien réelle, forte et sincère.

Je m'installe au bureau de bois clair, devant la lettre à conclure pour Laure, et je regarde Emma, stupéfait de cette transformation. Est-ce toujours la fièvre qui anime son regard, ou bien l'excitation ?

Elle m'adresse un sourire joyeux. Raphaël, alors, se retourne vers moi et m'envoie un clin d'œil plein de connivence. Un signe dans lequel je perçois plus de maturité que d'enfantillage. Jusqu'où va l'intuition d'un enfant ? Je scelle notre alliance d'un signe de tête.

Je me penche sur les feuillets emplis de l'écriture espacée et régulière.

Ma petite maman,

Le bourg de Villard-de-Lans est un bourg paysan, construit en gradins au pied d'une ligne de falaises. Cet écrin de roches nues confère au site un aspect sauvage que viennent adoucir des forêts d'épicéas bordant le village.

J'aime l'aspect sauvage de ces lieux.

Je retrouve le Vercors tel que je l'ai connu, plus touristique encore, mais sans que cela m'étonne ; ces lieux font la joie de tous les sportifs, été comme hiver, avec ce soleil qui revigore tout ce qu'il baigne. L'air y est frais et léger, aromatisé par le voisinage des sapins. Il est reconnu des instances médicales.

Notre hôtelière nous a dit que tous les villages s'animent et sortent de leur réserve coutumière dès l'arrivée des touristes. Mais nous sommes peu nombreux à sillonner les sentiers en cours de semaine. Le Vercors nous appartient.

Nous avons emprunté ses routes audacieuses construites au prix de travaux périlleux, nous avons longé les gorges typiques de la Bourne, un torrent impétueux qui coupe le massif en deux, nous avons franchi les défilés des célèbres Goulets, si étroits que les roches se referment sur la Vernaison, et puis ceux du Furon, né dans les montagnes de Lans.

Tous ces noms ne te diront rien, bien sûr, ni ceux du Grand Veymont ou de la Grande Moucherolle, mais je connais ces sommets gravis avec mes amis d'alors et y entraîne Chris, ravie de le voir aimer la montagne à son tour. Plus de deux mille mètres d'altitude, un petit record pour des Parisiens qui n'ont eu qu'à se laisser glisser sur leurs skis sur les pentes savoyardes. Nous découvrons le royaume des pins à crochets, des marmottes et des chamois.

Nous revenons des grottes de Choranche, site unique en Europe. La féerie du spectacle tient à la couleur émeraude de leur eau et aux milliers de stalactites se reflétant dans les eaux. On les dénomme macaronis tant elles sont fines, longues et régulières. Autrefois, explorer les galeries souterraines qu'ont formées les eaux dans le Vercors trop perméable m'aurait tentée, mais aujourd'hui seules les grottes exercent leur attrait sur moi, fait d'angoisse ; mystères des sous-sols, puissance des ombres et des ténèbres…

Chère maman, ma lettre serait bien trop longue si je devais te citer tout ce que nous avons déjà vu. D'autres endroits nous ont surpris, charmés, Chris et moi, dont je te ferai part dans un prochain courrier, comme le cirque d'Archiane, le scialet de Malaterre ou la glacière de Corrençon. Mais au-delà de ces sites magnifiques, ce sont les traces tristement célèbres de la bataille du Vercors que des générations viennent retrouver ici.

Par son relief de forteresse, le Vercors central a été

un véritable bastion militaire, mais c'est pourtant lui qui a le plus souffert des dévastations de la guerre, et ses populations civiles qui ont payé le plus lourd tribut, même si les luttes de la Résistance se sont déroulées en de multiples lieux du massif, comme en témoignent les croix et mémoriaux. L'histoire locale du Vercors est aussi celle-là. Elle est inscrite sur les monuments et plaques commémoratives que les nombreux visiteurs rencontrent ici et là. Elle est encore profondément ancrée dans la mémoire collective, et je considère comme juste que tout soit fait pour que l'on n'oublie pas ces crimes.

C'est le cœur étreint que nous nous sommes recueillis dans la cour des Fusillés de La Chapelle-en-Vercors, qui a conservé en son centre trois pans de mur cernant l'espace où furent tués seize jeunes gens du village. Nous avons frémi dans la grotte de la Luire à Saint-Agnan, aménagée en hôpital en juillet 1944. Les Allemands y découvrirent vingt-cinq blessés avec leurs médecins, infirmières et aumônier. Ils achevèrent les quatorze blessés les plus gravement atteints, les onze autres furent exécutés un peu plus loin dans un hameau, les médecins et l'aumônier fusillés à Grenoble, les infirmières déportées. Le village de Vassieux, choisi par les forces de la Résistance pour son site élevé et dégagé afin de servir de lieu d'atterrissage aux troupes alliées, connut un terrible massacre. Des dizaines de planeurs allemands larguèrent des centaines d'hommes qui tuèrent des civils, sans distinction d'âge et de sexe, plus de cent maquisards et requis civils. Les blessés furent torturés et achevés. Le village et tous ses hameaux furent entièrement pillés, incendiés et détruits. Les corps de centaines de victimes ont été inhumés dans un cimetière national à l'entrée du village, entièrement reconstruit après la guerre. Le passé est là, qui resurgit dans toute sa monstruosité.

La guerre... ! Un mot si terrible que même ceux d'idéal et de liberté ne peuvent en atténuer l'horreur. Je pense à tous ces innocents, à tous ces jeunes de même pas vingt ans, écrasés par un destin sauvage, soumis à une loi, que l'on me dise laquelle ! La loi des hommes est-elle pire que celle de Dieu ? La mort est une offense à la vie !

Ma chère maman, pardonne à ta fille cette note noire, mais mes rêves sont encore empreints de visions tragiques, de ces morts et tortures gratuites.

Je ne sais si c'est l'éloignement qui me fait penser très fort à toi, un brin de nostalgie sans doute. Mais je vais puiser dans le paysage une énergie que je te communiquerai dès mon retour...

Elle a jeté pêle-mêle des mots pour tromper sa mère, parlant de choses que nous ne verrons jamais.

Sa partie sur la Résistance me touche au-delà de sa signification première. Je me souviens de ses larmes sur les lieux dont elle parle.

J'essaie d'être aussi enthousiaste qu'elle, ravalant cette envie de gémir comme un enfant que je me sens redevenir.

Ces alternances de découragement, d'espoir

et d'affolement, entrecoupés de vagues répits, me brisent les nerfs. Mes émotions me ressemblent, et je ressemble à celles d'Emma.

Je n'ose plus lever la tête, appréhendant soudain l'échéance que je me suis évertué jusque-là de toutes mes forces à bannir de mon esprit...

Dois-je enfin prendre la décision qu'elle espère, cette décision que je devine en elle comme un aboutissement inévitable ?

Je ne crois pas aux miracles. Je ne crois plus en rien. Ma fragilité est-elle ma force pour gagner sur ce temps que j'exècre de jour en jour ?

Quand mes mots sont parvenus à compléter la dernière page, je cachette à la hâte la lettre, luttant contre l'envie de tout confier à Laure.

Je doute de moi, de mon courage. Où puise-t-elle sa force, elle ?

Je la regarde enfin. Absorbée dans une conversation animée avec Raphaël, elle sourit, complice de ses sourires.

Moi, je n'ai envie que de m'apitoyer. Sur moi. Sur elle. Sur cette vie qui nous trahit.

Je sors, la laissant à son petit bonheur.

Le bar qui m'accueille ne sait rien de mon tourment. Quelques alcools devraient me permettre de retrouver le Chris d'autrefois, celui que rien ne rebutait, que rien ne démolissait, fort et confiant en l'avenir.

Où est-il, son avenir, à ce Chris d'hier ? Tout se confond dans les brumes du dernier verre.

Hier et demain sont si étroitement emmêlés qu'il ne sait plus très bien où se situent ses regrets et... la porte de son hôtel.

Ivre, il retrouve sa femme, que son intuition rend plus maternelle encore qu'il ne l'aurait espéré.

J'ai peu à peu émergé.

Ma douce Emma, comment peux-tu avoir confiance en moi, si je ne peux assumer pour nous deux ?

43

16e jour

Nous n'avons pas évoqué ma faiblesse de l'autre soir.

Je n'ai pas eu le courage de parler à Emma du projet de Jullien, encore moins de l'emmener de force à l'hôpital.

Un mieux sensible s'est manifesté depuis la visite de Raphaël, et depuis cet instant une rage de reprendre des forces la tenaille. Elle s'oblige à avaler quelques bouchées supplémentaires, malgré de fréquents vomissements.

La fièvre est tout à fait tombée, et nous avons recommencé à sortir. La morphine, qu'elle prend toujours en comprimés, la soulage. Jusqu'à quand ?

Je la vois se sourire dans la glace de la salle de bains. Elle se retourne et se blottit contre moi. Le parfum de ses cheveux a toujours le même pouvoir sur moi.

Je noie mon visage dans ses boucles de soie et aspire des souvenirs, précieux car issus de notre entente, magiques par le fait même qu'ils soient restés ancrés derrière mes paupières closes..., forts car ils conservent leur empire.

En nous voyant sortir de l'hôtel, Raphaël abandonne trois ou quatre autres galopins sensiblement de son âge, et s'approche, le visage fendu d'un sourire éblouissant.

« Nous allons juste à Lans-en-Vercors.

— Je peux rester avec vous ? »

Nous le faisons monter à l'arrière de notre voiture. Il pose ses petites mains sur nos épaules, d'un geste à la fois anodin et tendre d'importance.

« Mes copains, ils sont drôlement épatés ! »

L'attachement que nous éprouvons pour ce gosse grandit de jour en jour. Il est merveilleux de spontanéité et de joie de vivre. A la fois enfant et adulte, selon l'occasion, il sait nous faire rire et nous surprendre. Ses propos ont le don d'amuser Emma, qui renforce ma gaieté par la sienne. Même s'ils ne sont qu'éphémères, ces instants ont le mérite d'exister. Nous les savourons comme un dessert de bonheur.

Un fait extraordinaire me liera pour toujours à ce petit Raphaël du Vercors, enfant dont la sensibilité subtile ne cesse de m'étonner.

Il profite d'une courte absence d'Emma pour dissimuler l'habituelle malice de ses yeux derrière un voile de profond sérieux. Sa façon de tirer sur ma chemise, comme un petit garçon de dix ans, contraste avec le ton brusquement confidentiel de sa voix.

« Il faut aller voir ma tante Pilar !

— Qui est la tante Pilar ?

— Une sorcière. »

Je reste surpris, cherchant à comprendre.

« Une vraie sorcière ?

— Oui. Il faut emmener Emmanuelle chez elle. Elle est très forte ! »

Mon étonnement devant la clairvoyance de cet enfant fait place à la curiosité.

« Pourquoi penses-tu qu'Emma… ? »

Il m'examine de son regard grave, honnête, à présent sans malice, déconcerté par mon manque de confiance. Je vais m'expliquer, quand il me coupe la parole, tout en s'appuyant sur mon bras. « Elle est malade, Emmanuelle. Et la tante Pilar guérit tout le monde. »

Je ne peux répondre, submergé par un élan de tendresse envers ce môme qui m'offre instinctivement sa perspicacité et son affection pour elle. Du haut de son mètre dix, il poursuit d'un ton convaincant : « Je lui ai parlé d'elle. Elle veut la voir. »

Comment allons-nous décider Emma à pénétrer dans un lieu de mystères ? La montée en puissance des nouveaux sorciers dans le monde entier, la pratique des diverses sortes de magie noire ont toujours éveillé sa méfiance, sinon sa crainte.

Raphaël ne s'embarrasse pas de moyens. Tout naturellement, lorsque Emma revient, il lui propose de montrer son bras à sa tante guérisseuse.

Après m'avoir adressé un regard qui attend mon avis, elle semble vouloir satisfaire le désir de l'enfant.

A l'écart, elle me dit avec une ironie grave : « Au pire, ça ne changera rien à ce qui doit arriver. »

A 16 heures, après avoir marché dans les rues de Lans, nous décidons de rentrer et regagnons la voiture. Emma promet à Raphaël de l'emmener avec nous visiter le musée des Santons, si ses parents acceptent de nous le confier. L'expédition est prévue pour le lendemain.

Lorsque Raphaël nous invite à le ramener chez lui, je sens l'intérêt s'éveiller chez ma compagne, et sa lassitude reculer d'un pas.

« Elle voudrait vous connaître, ma mère. Elle dit que vous êtes gentils de vous occuper de moi. Et puis, il vaut mieux que vous lui demandiez, vous, pour demain, parce que moi... comme je dis souvent des mensonges... » Il ponctue sa phrase d'une mimique angélique.

Emma est ravie de rencontrer sa famille. Une sorte de pudeur devant l'évidente pauvreté de Raphaël avait retenu ses questions. Elle attendait que lui-même ait envie de nous associer à sa vie.

Ces derniers jours, elle redoutait un attachement excessif de l'enfant à son égard. « Ce n'est pas possible d'avoir autant d'élan pour un enfant.» Je ressens son émotion quand nous approchons.

Quelques caravanes font une espèce de cercle dans un enclos à proximité de trois maisons aux murs lézardés. La cour est poussiéreuse. Des volatiles picorent ici et là dans la terre sèche, peu soucieux de notre arrivée. Des tapis tressés délimitent l'entrée de chaque demeure, des fils d'étendage relient quelques arbres entre eux.

Raphaël tient la main d'Emma, manifestement fier de nous présenter à des personnes en train de discuter jovialement de l'autre côté des caravanes.

Des tables et des fauteuils en résine blanche tiennent lieu de salon. Une femme, un bébé endormi dans les bras, s'écarte du groupe. Arrondie d'une prochaine maternité, la mère de Raphaël lui dépose son petit frère dans les bras. Ce dernier, sans hésiter, tend aussitôt le poupon à une fillette qui s'est rapprochée, curieuse de voir ces étrangers égarés dans leur communauté.

La mère de Raphaël est sympathique, elle nous accueille avec chaleur et insiste pour que nous acceptions un verre.

Emma la regarde intensément. Je vois qu'elle l'apprécie déjà, que sa bonté lui plaît sous son air vaguement résigné.

Nous savons par Raphaël que cet endroit n'est pas l'adresse de tous ces gens. Certains sont de passage et reviennent quand bon leur semble. Lui et sa famille vivent dans une des maisons proches et acceptent les gens du voyage, descendant eux-mêmes de cette lignée sauvage et libre.

La fatigue d'Emma s'accentue. Il est temps de rentrer. Raphaël nous raccompagne à la voiture et nous rappelle notre rendez-vous de demain.

Je conduis lentement, ramenant Emma à la fois triste et soulagée. La tête sur mon épaule, elle confie son amertume : « Je croyais avoir affaire à un de ces pauvres gosses en mal d'amour, mais il a sa famille et paraît heureux même si sa vie est moins facile que pour d'autres. Je me suis attachée à lui. Son amitié est un cadeau merveilleux, et je prends de plus en plus conscience que je dois le préparer à notre départ. »

Elle pose sa main sur le volant et me prie d'arrêter la voiture. Au ton de sa voix, je sens l'importance de ce qu'elle s'apprête à me dire.

« Tu ne penses pas que nous serions mieux à l'hôtel, pour parler ?

— Non, mon amour, arrêtons-nous là. »

Elle cherche refuge dans mes bras. « J'ai beaucoup réfléchi, Chris. Il va bientôt falloir rentrer. »

Elle laisse le silence s'installer. Je n'ose le rompre, à l'écoute de son petit corps trop frêle. La suite tardant à venir, je me décide : « Tu penses qu'il est temps pour toi d'accepter un traitement... plus approprié ? »

Elle hésite. Elle attend. Elle se lance : « Non...

Non, Chris ! Le retour, c'est uniquement pour toi que je l'envisage. »

Le coup est dur. Le coup est bas. Oserait-elle me tester ? Non. Mais elle m'éloigne volontairement, sans se soucier de me blesser. Faut-il qu'elle soit arrivée au bout de ses réflexions pour décider de poursuivre seule son combat.

« Et tu penses vraiment que je vais te laisser seule ici, t'abandonner… Et moi ? Et mon avis, à moi ? Tu n'en tiens plus compte ? Tu veux réellement me renvoyer à une vie qui ne m'intéresse plus sans toi ? »

Elle reste silencieuse.

« Tu crois sincèrement que je vais accepter de te quitter maintenant, alors que nous avons tout partagé, jusqu'au moindre de nos doutes ? Tu me demandes de fuir, toi qui refuses toute forme de lâcheté ? Tu oses me conseiller de partir, toi qui en repousserais seulement l'idée. »

Je la prends par les épaules pour amener son cher visage en face du mien. Son air, aussi bouleversé que buté, me serre le cœur, mais je dois continuer à la malmener, lui faire entendre raison, lui faire accepter de poursuivre et de franchir les étapes successives qui nous attendent.

« Alors, tu renonces ! Tu lâches tout ! Tu capitules ! Où est ta force, soudain ? »

Des larmes roulent silencieusement sur ses joues. Je voudrais la bercer, l'embrasser. Pourtant je secoue encore ses maigres épaules. Je me reproche ma brutalité. Mais je sens monter en moi une violente colère. Je lui en veux tout à coup de cesser la lutte. Je lui en veux de m'extraire de sa vie.

Je ne sais que pleurer. Pleurer de rage devant l'inéluctable. Pleurer de peur devant la défaite proche. « Tu m'as tant montré ta force, Emma ! Je t'en prie ! Où est ton courage que, jour après jour, tu m'as appris ? Où est cette force qui te soutenait ? Tu n'as pas le droit de décrocher ! »

Je la sens éperdue. Mon ressentiment s'évanouit devant son évidente faiblesse. J'insiste doucement : « Et moi, Emma ? Et moi ? Ne me laisse pas partir à la dérive. J'ai besoin de toi, de ton sourire, de ta présence. Rien n'est fini... je t'en prie. »

Elle secoue la tête plusieurs fois, lentement, accablée par sa résolution.

« Je n'en peux plus, Chris. Il est trop tard. Je m'affaiblis de jour en jour. Mes douleurs ne cessent jamais vraiment, le docteur Jullien m'obligera dans peu de temps à rentrer à l'hôpital. Je ne supporterai pas que tu me voies décliner. Déjà je deviens laide de maigreur, je redoute ma déchéance, je me sens tellement agressive.

— Sois-le pour te battre ! »

Elle ne m'écoute pas et poursuit : « Je refuse de devenir un fardeau. Je ne veux pas que tu me voies mourir. Chris, je t'en prie, ne pleure pas, et jure-moi que Laure ne souffrira pas de mon silence. Explique-lui mes raisons et dis-lui combien je l'ai aimée et combien j'ai été heureuse, jusqu'au bout, grâce à toi.

— Non ! Il est hors de question que je te laisse ! Impensable ! Comment peux-tu me croire capable d'une telle chose ? Tu n'as pas le droit de me demander cela. »

Elle garde les sourcils froncés et le regard fixe. Nos respirations s'élèvent au même rythme, saccadé, court, oppressé. Et puis elle prend un nouvel élan.

« Tu dis m'aimer, Chris ? »

Je rends ma voix aussi douce que possible et l'éclaire d'un pauvre sourire.

« Qu'en penses-tu, toi ?

— Ton amour est-il aussi immense que tu le dis ?

— Quelle question, ma douce, tu veux me vexer ?

— Ne plaisante pas. Je sais bien que tu m'aimes... mais... peut-être pas au point de m'aider à en finir. »

Voilà ! La proposition est lancée !

Depuis combien de temps, au fond de moi, redoutais-je ces paroles ? Emma a rougi en prononçant ces mots et, devant ma stupeur, coupe court à la conversation : « Maintenant n'en parlons plus, cependant penses-y, mon chéri. »

A l'hôtel, je suis encore sonné, soudain plus proche de l'échéance que je ne voulais l'admettre.

La révolte refait surface, ainsi que le désir de vaincre, de gagner. Et la conviction qu'Emma ne supportera pas mon inaction.

Je passe ma nuit à appeler un courage démesuré qui pourrait me permettre de ne pas la trahir dans la foi qu'elle a en moi. Mais le rôle qu'elle me réserve est si fou.

Dois-je attendre qu'elle prenne elle-même une décision irrévocable, emportant avec elle une rancune dont l'idée me poursuivra à tout jamais ?

Ne pas être à la hauteur de ce qu'elle va bientôt exiger, jusqu'à la laisser prendre seule son destin en main, me pousse inexorablement vers cette résolution. Si cette idée m'a déjà effleuré au cours de ma vie, jamais je n'aurais cru qu'elle puisse, avec une telle acuité, s'imposer à mon entendement.

Au petit matin, l'horreur de mes pensées me donne la nausée. Je prends conscience de n'être que le jouet du destin en acceptant de devenir l'assassin de ma femme. Mais qu'importe ! Elle aura gagné sur la fatalité !

Je sombre dans une douce folie. Je ne sais plus si c'est la pitié, la faiblesse ou la peur des longues souffrances morales de tous ces lendemains en sursis qui s'installent dans ma tête. Mais je ne revendique qu'une seule chose : mon amour, mon véritable amour pour elle.

Ma fièvre s'estompe avec la disparition des ombres.

Les questions se bousculent. Ai-je le droit de la priver d'espérer ? Ai-je le droit de disposer de sa vie ? Ai-je le droit de l'obliger à survivre, à se débattre dans sa peur et son impuissance ? Ai-je le droit de la laisser souffrir ?

Je ne parle que de droits ! Où est mon devoir face à cette confiance, à cette preuve qu'elle me réclame ?

La vaillance me fait défaut. Ma lâcheté s'impose. Une faible lueur brille au fond de ce tunnel où mes pas s'égarent. Je ne suis pas prêt à rompre ce fil pourtant si fragile. Je ne suis pas encore résigné à me séparer d'elle. Nous pouvons encore grignoter des heures, des jours, des semaines !

Quelle est ma part d'égoïsme dans tout cela ? Où se situent la morale, le bien, le mal ? Je ne sais plus. Je ne sais rien ! J'ai si peur !

44

17ᵉ jour

« Chris, je voudrais te dire, pour hier…

— Chut, tais-toi. Fais-moi confiance. Ne te pose plus de questions. »

Nos regards se touchent. Je découvre en elle une faculté nouvelle : celle de fouiller mon âme. Je me sens dépouillé de mes pensées les plus secrètes et tente de libérer mon esprit de tout ce qui le tourmente.

« Confiance » : le sourire que je lui adresse n'est que le reflet de mon crève-cœur.

Ses yeux ne me quittent qu'au bout d'un long moment, et je me surprends à respirer mieux alors.

Quel est donc ce sentiment de culpabilité qui s'infiltre en moi, m'ôtant la moindre assurance ? J'ai pourtant rejeté toute préméditation pour un geste dont ma raison n'est pas prête à assumer les conséquences. Suis-je bien sûr de ce que je soutiens ? N'y a-t-il pas déjà, au fond de moi, une certitude qui...

Je fais un violent effort pour chasser mes pensées nocturnes et retrouver mon sang-froid. Je fais appel à tout ce qu'il me reste de bon sens.

Est-il bien nécessaire d'aller voir la sorcière de Raphaël ? La question, posée à Emma, n'obtient en réponse qu'un haussement d'épaules désabusé et, quelques secondes plus tard, ces simples mots : « Une façon de faire plaisir à Raphaël. »

Notre jeune ami nous attend au bord de la route caillouteuse qui mène jusqu'à chez lui, heureux de tenter une démarche pour laquelle il ne conçoit aucun échec.

Après avoir dépassé son habitation, nous faisons quelques centaines de mètres sur un chemin d'herbe perdu dans un feuillage dense, et garons la voiture dans une cour peuplée de dindons et de poules.

L'endroit est sauvage et tranquille. Une caisse de bois fait office de boîte aux lettres, pendue à la branche d'un pin.

Raphaël nous fait pénétrer dans un intérieur obscur au sol de terre battue. Une forte odeur d'oignon se partage l'espace avec des effluves de poireau.

Une femme, vieille et voûtée, est assise dans un coin sur un fauteuil d'osier et se balance doucement d'avant en arrière. Elle semble perdue dans un rêve sans fin.

Raphaël s'approche d'elle et murmure quelques mots à son oreille. La femme relève alors la tête et nous fait signe d'approcher. Toujours par signes, elle fait asseoir Emma et m'oblige à rester debout derrière elle. Elle s'exprime ensuite dans une sorte de dialecte que je ne comprends pas. Raphaël est allé s'installer au fond de la pièce, en spectateur silencieux.

Mon regard fait le tour du pauvre logement, une chambre triste et nue, tandis que je sens les doigts d'Emma s'agripper à mon pantalon. Diverses cartes sont étalées sur la table, l'unique fenêtre est voilée d'un rideau fatigué.

Nous cherchons un encouragement timide auprès de Raphaël, mais la vieille femme prévient notre geste et recommence à parler, rompant le malaise qui nous a envahis. Ses longues mains ridées et tordues s'emparent de la main malade d'Emma et la gardent un long moment sans bouger. Puis des prières commencent, et elle pose une main sur les boucles blondes. De l'autre, elle saisit l'une des miennes et l'applique sur la tête d'Emma, à l'endroit exact de son mal. Est-ce le hasard ou la connaissance ?

Tout en continuant à psalmodier, elle exerce une pression douce qui courbe la nuque docile. Mais lorsque ses prières s'arrêtent, son regard pâle s'empare du mien, messager de son impuissance. Nos mains toujours imposées sur la tête d'Emma, la sienne traduit le renoncement.

Il est impossible que personne ne perçoive les battements de mon cœur, tant les coups labourent ma poitrine. Au point que l'air me manque.

Ce n'est que lorsque je parais avoir retrouvé mon calme que la vieille Pilar redresse la tête d'Emma et lui adresse un noble salut.

J'aurais préféré ne jamais rencontrer cette femme, n'être jamais venu solliciter ses dons et sa magie, garder au fond de moi l'incertitude. Car un espoir non avoué mais sans bornes s'imposait malgré tout à ma volonté.

La veille, j'avais cédé à la curiosité en interrogeant notre hôtelière au sujet de la sorcière Pilar. Je m'attendais presque à une ignorance marquée de sa part, mais sa réponse m'a affecté. « Ah ! La sorcière ! Elle serait efficace, paraît-il, mais les gens d'ici parlent peu de ses prouesses. On les chuchote seulement. A la campagne, ces choses-là font peur, on fait semblant de les ignorer, mais je peux vous dire que beaucoup vont la voir, de nuit même, en se cachant. En plein jour, on critique, mais on profite de l'ombre pour faire comme tout le monde, ça prouve bien qu'elle obtient des résultats. Elle sent les choses, comme on dit. »

Le scepticisme me permettait de douter, mais une part de moi s'accrochait à n'importe quoi, même à des fadaises de charlatan. Et cette femme-là, si elle reconnaît son impuissance, n'est pas un quelconque imposteur. Elle a « senti la chose ». Elle s'est inclinée face à l'inévitable.

Une sentence s'est abattue sur les épaules d'Emma, et je réalise soudain que plus rien ne pourra la sauver, si même les dieux noirs l'abandonnent.

On a toujours envie d'enfouir en soi ce qui ne colle pas avec notre réalité. Depuis des semaines l'idée s'ancrait, d'une fin inéluctable, avec un refus manifesté par des révoltes silencieuses et impuissantes. La déception que je ressens là prouve bien que je voulais croire en la tante Pilar, malgré mon rationalisme.

L'expression figée de Raphaël, avec son regard trop ouvert sur sa vieille parente, me fait l'effet d'un deuxième verdict. L'incrédulité, la peur, l'angoisse, la déception, tout passe sur le visage de l'enfant. Le bouleversement de ses traits me fait mal. Je m'occupe d'Emma, toujours dans l'ignorance de ces échanges d'émotions.

La sorcière n'accepte pas d'argent. Elle pose sa main sur l'épaule de Raphaël et hoche la tête plusieurs fois.

Durant le trajet du retour à l'hôtel, Emma est silencieuse. Puis elle commence à parler, nous invitant à donner notre avis sur différentes choses. Elle passe sous silence l'expérience que nous venons de vivre. Je feins une humeur enjouée, celle que je dois à tout prix retrouver pour que nos derniers jours vaillent la peine d'être vécus.

A l'arrière de la voiture, Raphaël a repris son air malicieux pour Emma, mais je surprends un regard grave fixé sur moi dans le rétroviseur. Il reflète l'immense peine que j'ai déjà saisie dans la tanière de la sorcière.

Je ne pourrais absolument pas dire à quoi ressemble le musée des Santons. Rien ne m'intéresse que la main d'Emma dans la mienne, sa façon de tout regarder, de toucher des yeux un paysage que je ne vois pas, d'offrir sa peau à un soleil que je ne sens pas. La boule dans ma gorge a encore grossi.

Son regard s'attarde souvent sur le mien. Est-ce une interrogation muette ? Elle finit toujours par sourire, d'un sourire dans lequel je crois discerner un brin de moquerie. Ou bien n'est-ce que de la tendresse ? Ou un doute identique au mien ? Ne sais-je plus lire en elle ? La pression de sa main a quelque chose de rassurant.

Raphaël continue à meubler nos silences. Je le soupçonne de jouer à fond le rôle du petit clown pour séduire son amie. Et un fait nouveau m'amène le cœur au bout des doigts lorsqu'il saisit ma main en s'installant au milieu de nous. C'est la première fois qu'il s'impose de cette façon et, surtout, c'est la première fois qu'il m'accepte dans le couple qu'il formait jusqu'ici avec Emma.

J'ai besoin d'une immense goulée d'air pour chasser cette brutale émotion qui m'étreint, quand une pression marquée de ses doigts m'insuffle un courage supplémentaire. Cet enfant, par ma femme, est devenu un peu le nôtre, et je comprends mieux le bien-fondé de ses propos à son sujet.

D'ailleurs, le moment est arrivé. Nous devons le préparer à notre départ. C'est Emma qui en prend l'initiative, et je dirais qu'elle ne s'en tire pas trop mal. Raphaël est intelligent. Il sait cacher la tristesse que lui causent les propos de son amie, même s'il s'agit de rentrer pour soigner sa maladie. Emma ne brusque pas les choses. Elle fixe à huit jours le délai de notre séparation. Elle répète ces deux mots, plantant son regard dans le mien d'une manière absolue.

Un ultimatum ! Un sursis de huit jours !

45

21ᵉ jour

Les nuits me retrouvent, fidèle aux mêmes doutes, aux mêmes peurs. Et les petits matins apportent ce réconfort dont j'ai besoin pour divertir Emma.

Toutes les nuits, je me transforme en assassin et, le jour naissant, j'ai peur de ma victime. Il m'arrive de ne plus oser penser, tant l'horreur de ce que mon cerveau va devoir imaginer, confronté à la date fatidique, me rend fou.

Je refuse de préméditer, de m'enfoncer dans la peau de ce type que je hais déjà. Un malaise s'est installé entre Emma et moi. Peut-être suis-je le seul à le ressentir comme tel, puisque je ne me reconnais plus moi-même.

Nous évitons de parler de la « chose ». Nous gardons en chacun de nous l'immense étendue de notre désarroi, sans nous ouvrir à l'autre. Nos conversations restent banales. Seul Raphaël, dans la journée, a le pouvoir de nous rendre complices. Nos soirées deviennent lourdes de silence. Même nos regards se fuient.

A deux ou trois reprises, elle a essayé de sonder mon âme. Chaque fois j'ai dissimulé derrière mes paupières l'éclat de ma colère. Rage, fureur se déchaînent en moi pour ensuite être balayées par la peur. Je ne sais plus feindre.

Pense-t-elle toujours à l'échéance qu'elle a fixée ? Elle est souvent perdue dans ses pensées. Je surprends son regard triste posé sur Raphaël lorsqu'il ne la regarde pas. Le même regard que nous posons tous deux sur elle quand elle semble occupée ailleurs. Chacun se cache derrière un sourire ou un geste.

Nous préparons Raphaël un peu plus chaque jour à notre séparation.

Je sens la souffrance d'Emma à travers tout son être. Je sais qu'elle serre les dents lorsque ses maux de tête reviennent l'assaillir furieusement. Je sens venir l'instant où elle ne supportera plus le bruit, les gens, la lumière.

Et Raphaël, mystérieusement, comprend toujours à quel moment il doit nous quitter. Emma alors, prisonnière de sa douleur, avale très vite un nouveau comprimé avant de s'enfoncer dans un sommeil tourmenté.

Je l'ai entendue gémir cette nuit. Sans la

réveiller, je l'ai prise contre moi et bercée doucement, en proie à cette fièvre qui ne me quitte plus.

46

22e jour

Tout à l'heure un événement a cassé un autre ressort en nous.

Nous allions traverser une rue quand, au bruit assourdissant d'un véhicule venant dans notre direction, elle a eu un réflexe d'animal piégé. Elle s'est brutalement retournée, me faisant face, la peur pétrifiant son regard, prête à se défendre contre un geste meurtrier qui l'aurait précipitée sous les roues du camion, à l'instant où mon unique pensée était de contrecarrer un acte suicidaire.

Mon saisissement et la panique plaquée sur mon visage l'ont vite convaincue de son erreur. Mais le mal était fait. Serrés l'un contre l'autre, si malheureux et si soulagés à la fois, rire et larmes se sont confondus.

Gâchée, notre soirée nous oblige à une conversation sérieuse.

Notre chambre nous retrouve plus tôt qu'à l'ordinaire. Je garde ses mains dans les miennes, caressant celle qui ne sent plus la chaleur que je lui transmets.

Et les mots sont là, dans toute leur pauvre réalité. Dictés par notre détresse. Des mots qui se veulent réconfortants mais sincères. Des mots que nos regards passionnés rendent plus vrais, plus forts.

Emma a compris qu'il ne me sera jamais possible d'attenter à ses jours d'une manière aussi odieuse que celle qu'elle a redoutée tout à l'heure. J'exprime ma peine. Elle me fait part de la sienne, de ses doutes sur nos lendemains, et accepte d'attendre encore. Ses souffrances seront déterminantes.

Notre conversation sur la vie et la mort, sur l'amour et ses devoirs, ses exigences, ses raisons, nous laisse tendrement enlacés, enfin libérés de nos derniers cauchemars.

Je pourrai la regarder demain, sans cette appréhension de faillir ou d'outrepasser mes droits. Je sais que cet homme qui me ressemble est celui d'hier, avec ses certitudes. Je me retrouve peu à peu et oublie mes angoisses, mes hésitations, pour redevenir le mari, l'ami et le protecteur de ma femme.

Le dialogue renoué, la confiance et le courage partagés me font sentir très précisément l'état d'esprit de celle que le destin abandonne cruellement, sans appel. Nous convenons de dire adieu à notre petit ami dès demain.

Elle accepte les vingt-quatre heures de perfusion, après m'avoir fait jurer que ce serait sa seule faiblesse. Mon serment est capital et décide de son abandon. Nous savons tous les deux que ces quelques heures passées à l'hôpital seront décisives.

Alors, quand tout est dit, la sérénité s'empare de nous. Nos regards se pénètrent de nos vérités respectives. Une émotion forte nous gagne. Elle me laisse une place sur son lit.

Ces derniers jours, j'évitais de me trouver près d'elle quand elle se dévêtait, par pudeur, par crainte inexpliquée... Maintenant, elle ouvre son déshabillé et appelle mon corps, posant ma main sur un sein que ma paume enveloppe trop bien. Son amaigrissement respecte malgré tout ses formes, même si les os saillent par endroits. C'est plus que de la maigreur. Je suis consterné de constater la vitesse de l'évolution. Je ne comprends même pas comment un corps aussi amaigri peut vivre comme il le fait.

Nous faisons l'amour doucement. Je rends mon corps le plus léger possible, veillant à son seul plaisir.

Son visage collé au mien, elle s'agrippe doucement à mes cheveux et murmure : « Je sais combien tu souffres, mon amour. Je crois même qu'il est plus douloureux pour toi de rester que pour moi de partir. Tu n'as pas appris à mourir. »

Que puis-je répondre ? Que puis-je faire d'autre qu'embrasser sa bouche, en puiser jusqu'aux dernières saveurs, m'imprégner encore de son odeur, de sa chaleur.

Quand nos corps sont reposés, je l'installe confortablement contre des oreillers. Puis nous adressons une carte à tous nos amis, sur le ton du voyageur enjoué. Elle les signe toutes, d'une plume nerveuse.

Enfin, elle me dicte une lettre pour Raphaël, qu'elle me charge de poster de Paris quelques semaines après sa mort. Sa voix tremble lorsqu'elle m'explique : « Il aura ainsi le temps d'oublier un peu. Il apprendra que je guérirai et que nous reviendrons un jour. »

Je constate un essoufflement dans sa façon de parler, un affaiblissement de ses gestes.

Tout, depuis tout à l'heure, me semble abstrait. J'ai l'impression de rêver, de flotter dans un univers inconsistant.

Nous venons de parler de sa mort, refusant d'utiliser les mots euthanasie ou suicide. Nous jouons avec la mort, avec la vie. Nous ne sommes plus réels. Nous sommes une histoire, une pensée, un espoir. Nous ne sommes rien.

Est-ce le début de l'innocence ? Serais-je déjà absous pour le geste que je vais commettre ?

Je la regarde à travers cette brume silencieuse, à travers le ralentissement de mon souffle. Comme elle est belle. Je la regarde et je nous revois quelques années en arrière.

C'était avant ! Avant ma folie, ma douleur. Comme elle est gaie, comme tous nous l'aimons, les copains, les amis. Je la regarde et le présent recule. La maladie n'existe pas.

L'abandon est total, son corps accepte le mien. Comme nous nous aimons. L'euphorie de nos vingt-cinq ans, les vacances et les sorties. C'était avant !

Je la regarde et ma passion pour elle ne faiblit pas. Je glisse vers ce corps immobile qui me sourit, qui m'appelle sans le dire. La bouche s'ouvre et se ferme, et tend ses lèvres. Je me penche, surpris de rencontrer une douceur bien réelle.

Je me réveille peu à peu, à regret. J'étais si bien là-bas, dans ce passé si proche et si lointain. L'avenir me fait à nouveau peur. Effrayé, je réalise que tout ne sera bientôt plus que souvenirs.

Mais ne sommes-nous pas déjà morts, n'existant plus parmi les apparences que grâce à un répit des choses ?

Alors je déchire tous ces voiles qui retiennent mon abandon. Alors, irrésistiblement attiré par le goût de la libération, je suis pris dans l'instant ; sans regrets, sans autre projet que de continuer tout ce qui est commencé. Du mieux possible. A ma façon, selon ma volonté ; nous ne subirons pas ce que la maladie nous réserve, ni ce que la vie nous impose.

Non, je n'ai pas peur. Je n'ai plus peur.

47

La litanie cessa aussi brutalement qu'elle avait commencé. Chris jaillissait de son long rêve gris. Tout lui sautait à la figure, les odeurs, les couleurs qui retrouvaient leur éclat, la sensation chaude d'une main sur la sienne, les murmures encourageants, les sons lancinants d'un bip au diapason de son rythme cardiaque.

Il se sentait vidé, mais curieux de cette espèce de courant tiède qui circulait en lui, au milieu de son corps frissonnant. Il redressa le buste sans effort. Il était aussi léger que l'air. Il fut étonné de voir les visages penchés sur lui conserver leur veille attentive, alors qu'il sortait de leur champ visuel.

Sa stupéfaction fut à son comble de voir la scène d'en haut, comme s'il venait d'être soulevé jusqu'au plafond, au-dessus de Luc qui tenait sa main à son double de chair étendu sur le lit blanc.

Il avait une vision à partir d'un ailleurs. Les ombres qui avaient accompagné ses rêves se matérialisaient ;

des infirmières effectuaient un ballet discret dans un angle de la chambre.

Le premier choc passé, un soulagement sans bornes le rassérénait, qui le libérait de toute entrave. Il reconnaissait les siens ! Il reconnaissait ses amis ! Tout son rêve gris n'avait été que le reflet de son impuissance à rejoindre Emma !

Alors, malgré la peine qui se dégageait de ces êtres en attente de sa résurrection, une formidable envie de rire le secoua, qui se termina dans la douleur.

— Il s'étouffe ! Oxygène !

Mais une joie prodigieuse le pénétrait comme un souffle victorieux, de sentir son corps continuer à s'alléger. Il savait qu'**il** partait à son tour, qu'il quittait les humains !

Il regarda ses amis avec tendresse puis, avec un détachement étrange, examina son corps, immobile et pâle comme la mort.

Chère Laure, chère Sophie... Cher Luc, épris d'Emma.

Il repensa à une réflexion de Jean Rostand : « L'homme est un miracle sans intérêt. » Comment leur dire, à tous, de ne pas s'acharner à lui rendre une vie qu'il ne voulait plus ?

Les yeux noyés de larmes, Laure avait lu et relu le bristol blanc, derniers aveux de Chris avant qu'il exécute ce qu'il avait jugé être le meilleur : « Cette attente, sans objet et sans espoir, me tue à petit feu, je ne la supporte plus. C'est ce soir ou jamais, avant que mon courage ne faiblisse. »

Elle pressa le carton contre sa poitrine et pria pour

sa fille Emmanuelle, le cœur laminé, comme le sera celui de son gendre à son retour à la vie.

Tout n'avait été que le reflet de sa propre peur ! Il avait combattu ses amis à travers les cauchemars de son coma, il les avait affrontés pour ne pas revenir à eux, qui le rappelaient à la vie de toute leur affection.

Mais son amour était plus fort que tout, pour cette âme qu'il sentait toute proche... Il n'était plus de leur monde, déjà emporté par les ailes de l'infini. Il basculait dans l'univers puissant des âmes libres.

Il eut le sentiment de sourire, et son double, sur le lit, étira ses lèvres.

— Il revient !

Non ! Non !

Chris hurla inutilement au-dessus des têtes courbées sous leur peine ; l'horreur le figea de sentir son corps s'alourdir.

— Il revient !

Non ! N'insistez pas ! Je la vois !

— Il recommence à s'agiter ! Piqûre !

Aiguë, vive et fugace, la douleur au côté lui rappela toutes les autres. Pourquoi en ressentait-il les effets ? Il quittait toute souffrance !

Mais une autre, plus grande encore, le crucifiait : son dédoublement cessait, il réintégrait son enveloppe charnelle, alors qu'Emma se matérialisait dans la chambre à travers une vive lumière. Il la voyait, il était le seul à la voir, tandis qu'il se sentait oppressé par la pesanteur de son corps, étouffé par sa prison de chair.

Il sentit à nouveau des doigts presser les siens. Luc

et Sophie se battaient pour lui avec des encouragements doux, pendant que Laure priait.

— Reviens, Chris, reviens. Reviens à nous. Réveille-toi.

Non ! Regardez-la, regardez notre ange. N'est-elle pas merveilleuse ? Je suis réveillé, ne vous en rendez-vous pas compte ?

Il contemplait, émerveillé, Emma flottant au-dessus de lui, souriante, interrogative, dont les lèvres se formaient sur des « Viens » les plus tendres qu'il eût jamais entendus.

Il voulut jeter ses bras vers elle, mais il était captif des doigts chauds de ses amis. Il se dégagea doucement, désireux de redevenir aussi léger qu'un souffle.

Mais déjà Emma s'en allait avec lenteur, aérienne. Elle reculait. Elle allait bientôt se fondre dans une espèce de miroir voilé.

Chris hurla sa détresse une nouvelle fois, mais personne n'entendit son cri.

— Hémorragie !

Un brusque remue-ménage se fit dans la chambre.

Le miroir se mit à planer jusqu'à lui, dans lequel se réfléchissait Emma.

Il hurla encore. Il la perdait. Elle était passée de l'autre côté du tain et plaquait ses deux mains tout contre, comme pour y trouver un ultime passage.

Elle le trouva. Son bras traversa le miroir et vint à sa recherche. Il fit le même geste pour s'accrocher à elle.

A l'instant où leurs mains se joignirent, un éclair jaillit, faisant exploser l'obstacle de verre en une multitude d'étoiles, et Chris se sentit aspiré avec Emma dans un couloir vertigineux.

— C'est fini.

Un bip continu perça le silence de la chambre. La ligne verte se lissa sur l'écran noir du moniteur.

— Regardez, il sourit !

— Il l'a rejointe, murmura Luc en consultant sa montre.

Chris avait gagné son combat contre la vie, vingt-deux heures exactement après la mort d'Emma.

Leur histoire à tous deux se terminait un 29 mai, lors d'un printemps précoce éternel porteur d'espoirs, laissant leurs amis et parents emplis de chagrin et d'émotion.

A travers leur peine, tous prenaient conscience des merveilleux échanges de générosité et d'amour que seul l'homme est en mesure d'accomplir... Le véritable amour ; celui qui ne se fixe aucune limite, aucune contrainte, capable d'aller jusqu'au bout de sa passion, de son délire, outrepassant les règles établies, ou simplement la frontière du courage.

DANS LA MÊME COLLECTION

Jean Anglade
Un parrain de cendre
Le Jardin de Mercure
Y a pas d'bon Dieu
La Soupe à la fourchette
Un lit d'aubépine
La Bête et le Bon Dieu (essai)
La Maîtresse au piquet
Le Saintier
Le Grillon vert
La Fille aux orages
Sylvie Anne
Mélie de Sept-Vents
Le Secret des chênes
Jean-Jacques Antier
Autant en apporte la mer
La Croisade des Innocents
Marie-Paul Armand
La Poussière des corons
La Courée
tome I *La Courée*
tome II *Louise*
tome III *Benoît*
La Maîtresse d'école
La Cense aux alouettes
Nouvelles du Nord
L'Enfance perdue
Edouard Axelrad
Au fil du fleuve
Erwan Bergot
Les Marches vers la gloire
Sud lointain
tome I *Le Courrier de Saigon*
tome II *La Rivière des parfums*
tome III *Le Maître de Bao-Tan*
Rendez-vous à Vera-Cruz
Mourir au Laos
Annie Bruel
La Colline des contrebandiers
Le Mas des oliviers
Les Géants de pierre
Michel Caffier
Le Hameau des mirabelliers
La Péniche Saint-Nicolas
Jean-Pierre Chabrol
La Banquise
Didier Cornaille
Les Labours d'hiver
Les Terres abandonnées
La Croix de Fourche
Etrangers à la terre
L'Héritage de Ludovic Grollier
Georges Coulonges
Les Terres gelées
La Fête des écoles
La Madelon de l'an 40
L'Enfant sous les étoiles
Les Flammes de la Liberté
Ma communale avait raison
Les blés deviennent paille
Yves Courrière
Les Aubarède
Anne Courtillé
Les Dames de Clermont
Florine
Dieu le veult
Les Messieurs de Clermont
L'Arbre des dames
Alain Dubos
Les Seigneurs de la haute lande
La Palombe noire
La Sève et la Cendre
Alain Gandy
Adieu capitaine

Quand la Légion écrivait sa légende
Un sombre été à Chaluzac
L'Enigme de Ravejouls
Les Frères Delgayroux
Michel Hérubel
La Maison Gelder
La Falaise bleue
Denis Humbert
La Malvialle
Un si joli village
La Rouvraie
La Dent du loup
L'Arbre à poules
Les Demi-Frères
Michel Jeury
Au cabaret des oiseaux
Louis-Jacques Liandier
Les Gens de Bois-sur-Lyre
Jean-Paul Malaval
Le Domaine de Rocheveyre
Jean Markale
Notre-Dame de la Nuit
Dominique Marny
A l'ombre des amandiers
Du côté de Pondichéry
Henry Noullet
Sur la piste de Samrang
La Falourde
La Destalounade
Bonencontre
Michel Peyramaure
Les Tambours sauvages
Pacifique Sud
Louisiana
Frédéric Pons
Les Troupeaux du diable
Claude Riffaud
Mékong Palace
La Crique de l'or
Rêve de Siam
Jean Rosset
Vir'vent
Les Derniers Porteurs de terre
Annie Sanerot-Degroote
La Kermesse du diable
Le Cœur en Flandre
L'Oubliée de Salperwick
Jean Siccardi
Le Bois des Malines
Jean-Claude Sordelli
La Dernière Saison
Jean-Michel Thibaux
La Bastide blanche
Le Secret de Magali
La Fille de la garrigue
Le Roman de Cléopâtre
La Colère du mistral
L'Homme qui habillait les mariées
Violaine Vanoyeke
Les Schuller
Le Serment des 4 rivières
Brigitte Varel
Un village pourtant si tranquille
Les Yeux de Manon
Colette Vlérick
La Fille du goémonier
Le Brodeur de Pont-l'Abbé

Achevé d'imprimer en octobre 1999
sur presse Cameron
par ***Bussière Camedan Imprimeries***
à Saint-Amand-Montrond (Cher)

N° d'édition : 6771. N° d'impression : 994412/1.
Dépôt légal : octobre 1999.

Imprimé en France